[澳] 杰西卡·汤森 / 著 吴华 / 译

# 永洵镇

2

## 奇迹选拔赛

中信出版集团 | 北京

图书在版编目（CIP）数据

永泊镇 . 奇迹选拔赛 / ( 澳 ) 杰西卡 · 汤森著 ; 吴华译 . -- 北京 : 中信出版社 , 2022.4 （2023.6 重印）

书名原文 : Nevermoor: The Trials of Morrigan Crow

ISBN 978-7-5217-3430-0

Ⅰ . ①永⋯ Ⅱ . ①杰⋯ ②吴⋯ Ⅲ . ①儿童小说－长篇小说－澳大利亚－现代 Ⅳ . ① I611.84

中国版本图书馆 CIP 数据核字（2021）第 158268 号

NEVERMOOR:The Trials of Morrigan Crow by Jessica Townsend


**永泊镇 · 奇迹选拔赛**

著　　者：[ 澳 ] 杰西卡 · 汤森
译　　者：吴华
出版发行：中信出版集团股份有限公司
　　　　　（北京市朝阳区东三环北路 27 号嘉铭中心　邮编　100020）
承 印 者：北京中科印刷有限公司

开　　本：889mm × 1194mm　1/32　　印　　张：6.875　　字　　数：144 千字
版　　次：2022 年 4 月第 1 版　　印　　次：2023 年 6 月第 7 次印刷
京权图字：01-2019-4418
书　　号：ISBN 978-7-5217-3430-0
定　　价：39.80 元

出　　品：**中信儿童书店**
图书策划：**如果童书**
策划编辑：**蔡磊**
责任编辑：**陈晓丹**
营销编辑：**中信童书营销中心**
封面设计：**刘潇然**
内文插画：**杨猛**
内文排版：**颂煜文化**

献给丢卡利翁大饭店的第一位客人萨莉。

献给蒂娜。

是她告诉我可以勇敢地去做任何事，

鼓励我写出了这本书。

# 目录 | contents

# I
# 追逐选拔赛

夏天接近尾声，可它却不愿意平平静静地落幕。八月的最后几天，永泊镇泛起了热浪，气温节节攀升，人的脾气也不甘示弱。

“拜托，我们能不能严肃一点儿？”茉莉安急躁地说道，“三天后就是第二轮选拔赛了。”

她已经努力地跟朱庇特谈了一个小时，可朱庇特的注意力却在高温里蒸发了。他坐在棕榈庭院一处阴凉的角落，喝着桃子汽酒，手里摇着扇子。芬内斯塔在旁边晒太阳，弗兰克戴着一顶巨大的宽檐帽打瞌睡。朱庇特让所有员工都去午休了。太热了，没法儿干活，而且他们整个上午都在吵来吵去。

杰克很仁慈地没有现身。茉莉安觉得他可能是躲在卧室里练习大提琴，因为他几乎整个夏天都在做这件事；要不然就是把茉莉安从吸烟室里最好的位置赶走，或者吃晚饭时批评她的餐桌礼仪，或者对她的一切冷嘲热讽。茉莉安迫不及待地希望他赶紧回学校去，这样丢卡利翁大饭店才像是她的。当他获准和同学们一起去逛永泊镇市集时，他那骄矜自傲、扬扬自得的模样真是登峰造极。茉莉安整个夏天都在等着朱庇特带她去市集，但每次都会有更重要的事把他叫走。现在，今年的市集结束了，茉莉安算是彻底错过了。总而言之，她宁愿夏天赶紧过完，哪怕这意味着令她神经紧张的选拔赛又要来了。

“你说他在这儿待着行不行呀？”朱庇特睁开昏昏欲睡的眼睛看着弗兰克，“他不会被烤成灰吧？嗯？我不太知道侏儒吸血鬼是怎么个情况。”

“吸血鬼侏儒。”茉莉安纠正道，“他没事。我们能把话题拉回追逐选拔赛吗？我需要一匹坐骑，这匹坐骑不能多于四条腿——这是规定。”

“好的。”

“而且我不会飞。”

“你当然不会，”朱庇特喝了一口桃子汽酒，“因为你只是名字里有个‘乌鸦’[1]而已。”

茉莉安气得直呼哧：“不，我说的是——规定要求——”

“放轻松点儿，小茉。”朱庇特哼了一声，“我知道规定：不能骑会飞的动物参赛。前几年，有一回比赛时混进了龙和鹈鹕，出了些乱子。那可怜的鸟儿起飞三秒钟后就被烧成灰了，最后简直成了鹈糊。嗯？鹈糊？”他懒洋洋地冲着茉莉安笑了，可茉莉

1 乌鸦：茉莉安 · 克罗（Morrigan Crow）中的克罗（Crow），中文意思是“乌鸦”。——译者注

安的幽默感也随着高温蒸发了。“反正，他们禁止了一切，现在人人都得在地上比赛。”

追逐选拔赛的规定是前一天送来的，茉莉安一下子就慌了。她突然发现，自己这几个星期都没怎么想过追逐选拔赛的事。也许，这整个夏天里杰克处处捣乱，既是好事，也是一种诅咒吧。他们忙着彼此争吵，互相掣肘，都没给茉莉安留时间去细想即将到来的选拔赛。

“所以，”茉莉安催促朱庇特，“坐骑，四条腿或更小的腿。”

“更少的腿。”

“四条腿或更少的腿。查理能教我骑马吗？”

“不一定非得用这种办法，小茉。”朱庇特一边说一边轰赶着闹哄哄的昆虫，“我从来没有观摩过追逐选拔赛，不过听说他们非常疯狂。你需要的不只是全地形动物。让我再想想。”

全地形动物。全地形动物到底是个什么东西啊？想让他在这种热得要命的时候言之有物实在是太难了。茉莉安踹着砂岩上的一丛草，发泄着情绪：“简直全无希望。追逐选拔赛有什么意义呢？长老们干吗要在乎谁更快？这不是很傻吗！”

“嗯，竞赛精神吧。”朱庇特心不在焉地说。

她放弃了，走到小水池边，把脚泡进水里。她从口袋里掏出那封来自奇迹社团的信，第一百次读起来：

亲爱的克罗小姐：

追逐选拔赛将于本周六中午在永泊镇中央老镇区围墙内举行。永泊镇联合议政公会准许我们临时疏散老镇区街巷中的公众，以确保选拔赛不被打扰。

进入本轮选拔赛的候选人分为四组。你所在的组为西门组，请于周六上午11:30之前到老镇区西门处向社团工作人员报到。

选拔赛规则有三：

1. 所有候选人必须骑着活的坐骑参赛。坐骑可以是任何用于运输的生物，腿不能少于两条，不能多于四条。

2. 会飞的生物是严格禁止的。

3. 候选人必须且只能着白色衣物。

不遵守规则的候选人将被立即取消参赛资格。

这场选拔赛将展露候选人的勇敢、坚韧和使用策略的能力。其他说明将在追逐选拔赛前下达。

诚挚地问候你，

长老格蕾戈利亚·奎恩、希莱克斯·黄、

艾里奥斯·萨加

自由邦，永泊镇

傲立楼

随信附有一张地图。老镇区差不多是个圆形，四周围绕着古老的石墙。这个建于早年间的老镇区很小，永泊镇就是以它为中心向外扩张的。这扩张是有机的，形状是随机的，就像霉菌繁殖那样（这是钱达夫人的比喻，她说她对这座城镇的历史很感兴趣，因为“可敬的周四勋爵”——他本人是一位业余的历史学家——在前年圣诞节时把永泊镇历史社团的成员身份送给了她）。

老镇区有四个入口，全都是巨大的石拱门：北门、南门、东门、西门。有点儿像指南针上的刻度。

据地图显示，勇气广场位于老镇区的中央。茉莉安只在乘伞轨车呼啸而过时匆匆瞥到过一眼，不过她记住了那座熙熙攘攘的宽阔广场，四周都是商店和咖啡馆，挤满了人。

广场坐落在纵横全区的两条大道的相交点。南北走向的是光翼大街，傲立楼就位于这条大街的最北端，皇家光翼宫（自由邦君主加勒多尼亚二世女王的寝宫）位于最南端。东西走向的是林荫大道，东起灵物寺，西至永泊镇歌剧院。

地图上也标注了其他地标性建筑——卓德马里地牢，议会大厦，使馆，腰带花园（围绕着老镇区中心的一圈绿地，像腰带一样），哥布莱恩图书馆，以及另外十几处建筑。茉莉安努力地想把这些背下来，以防它们在比赛中有什么重要用途。

“卓德马里地牢，”她闭上眼睛，检查自己有没有记住，“在东边，里夫金路上。议会大厦，在北边，旗杆街上。哥布莱恩图书馆，在东边。不对，在南边。不对，在——”

“西边，蠢蛋。”一个懒洋洋的声音说道。芬内斯塔躺在附近的阳光里，慢慢悠悠、百无聊赖地舔着毛，“梅修大街。闭嘴吧。”

“谢谢。”茉莉安咕哝道。

她注意到朱庇特正斜眼望着华姿猫，便转过身来看，是什么让他如此着迷。芬内斯塔原本灰色的皮毛，在阳光和唾沫的作用下显得犹如熔银一般。她突然龇着利齿打了个哈欠，肌肉发达的腿蹬了蹬。她真是漂亮，茉莉安不情不愿地想道，独有的吓人的漂亮。

“你们俩不介意吧？”芬内斯塔问道。她的声音里透出一丝嘲讽，“我就是想洗个澡。讨厌鬼。”

追逐选拔赛当天，茉莉安平和地醒来了。五秒钟之后，当她记起今天是什么日子时，这平和显然就变成了恐慌。

她仍然不知道朱庇特到底给她准备了什么动物来骑。在过去的三天里，他和员工们的讨论愈发激烈：矮种马和骆驼谁胜算更大；现实世界里乌龟能不能赢过兔子，以防万一还是做个实验为佳（这是弗兰克的主意）；鸵鸟算不算“会飞的生物”，因为它们虽然飞不起来，可确实长着翅膀啊。这些讨论全都没有结果，而且也都没能让茉莉安觉得轻松。

她费劲地从床上坐起来。这时，门突然开了，芬内斯塔大摇大摆地走进来，往椅子上扔了一堆衣服，晃了晃她巨大的脑袋。

“穿上。”她说，“新靴子在外面走廊上。玛莎正送早餐来。五分钟后下楼，准备出发。”她就说了这么几句就走了，连多说一句“早上好”都没有。

“好的。我今天早上感觉棒极了，小芬，谢谢你来叫我。”茉莉安一边嘀咕，一边穿上芬内斯塔拿来的白色裤子。“紧张吗？有一点儿。”她穿上衬衫和袜子——如规则所定，都是白色的。“哦，多谢你的祝福，你真好。是啊，追逐选拔赛肯定会很顺利的，我绝不可能摔进泥里，逮捕入狱，被永远赶出永泊镇。”

“你在跟谁说话呢，茉莉安小姐？”玛莎捧着托盘站在门口。茉莉安拿了一片面包，一边吃一边跑出门，抓起靴子跑了。

“没跟谁，玛莎，”她喊道，“谢谢你的面包。”

“祝你好运，小姐。万事小心！”

在大堂里，朱庇特和芬内斯塔打量了茉莉安好一会儿才开口。

“她得把头发拢到后面去。”朱庇特说。

“她得一直闭嘴保持安静。”芬内斯塔说。

“她就在这屋里呢，你们不用装成她不在的样子说话。”茉莉安说。

“看我说什么来着？”芬内斯塔大声嚷嚷，“我可不会让她这么参赛。我会走神的。”华姿猫转向朱庇特，满怀希望地竖起灰色的大耳朵：“我们能把她的嘴巴粘上吗？”

“我觉得长老们可能会有意见。”

茉莉安抱着胳膊，突然满腹怀疑：“你们在说什么？”

“啊，”朱庇特兴奋地搓着双手，“我帮你找到了最高贵的坐骑。”

十一点时，茉莉安、朱庇特和芬内斯塔来到了老镇区的西门，那里已经聚集着一大批吵闹的小孩儿、资助人和动物。在登记桌前，茉莉安和朱庇特得签下一份免责声明，声明在追逐选拔赛中出现的伤亡责任不在奇迹社团。

“真感人。”茉莉安一边潦草地写下自己的名字一边咕哝。她的肚子里也可笑地翻腾起来了。

看到候选人们挑选的坐骑，茉莉安很是惊讶。大多数人选择了普通马或矮种马，但她也看见了不少骆驼，几匹斑马和美洲驼，一只鸵鸟（所以那个问题的答案就是这样），两只看起来很傲慢的独角兽，还有一头又大又丑的猪。茉莉安一见到独角兽就倒吸了口冷气，一把抓住朱庇特的胳膊，欣喜被恐惧所取代，朱庇特却没察觉。

“要当心它们的角。”他有些忧虑地看着那些神奇的生物。

芬内斯塔的态度有些奇怪。她一路上都没发表什么尖刻的言辞，而此刻她正在西门前的那条起跑线上来回踱步，打量着那些竞争者。朱庇特小心翼翼地走了过去。

“小芬？”她没理他。朱庇特提高了声音：“小芬？芬芬？

芬内斯塔？”

芬内斯塔不停地低声咆哮，自言自语，眯起了琥珀色的眼睛。一头皮糙肉厚的大犀牛吸引了她的注意。

“小芬？”朱庇特又叫了她一声，谨慎地拍了一下她的肩膀。

“那个，”芬内斯塔努努嘴，“那个长着可笑耳朵和犄角的丑八怪。他最好别挡我的路，最好照看好自己的大鼻子，否则我肯定会让他尝尝……”

“尝尝？尝尝……什么？”朱庇特问。

“铁头功。让他和他背上的那个小恶魔试试看。”

朱庇特和茉莉安交换了个眼色：小芬这是怎么了？

“你……你知道吧，那个‘恶魔’其实是个小孩儿。”朱庇特小心地说。

芬内斯塔咆哮一声，用爪子指着一个小男孩儿——他正紧张地抓着小马的缰绳呢。“我也会让他尝尝滋味的，他和他的魔兽。”

朱庇特捂着嘴哼了一声，假装是在咳嗽：“小芬，那是匹小马。我想你是不是……”

芬内斯塔把脸杵到朱庇特面前，低声吼着说道：“他和他那个半兽半马的肥坐骑在我旁边咯噔咯噔地溜达呢，懂吗？”

华姿猫说完就扑向登记桌前的大群候选人，威胁般地加速奔跑起来。

朱庇特尴尬地笑了笑，而茉莉安正在等着他解释：华姿猫芬内斯塔怎么变成监狱黑帮芬内斯塔了？“她……有点儿好斗，”朱庇特解释道，“大概是想起了作为笼中斗兽的过去。”

“什么？”

“哦，是这样。小芬很喜欢笼中斗兽终极赛。自由邦每三年举办一次。不过她后来退赛了，事关前任首相的儿子，有些流言蜚语。”

“流言蜚语是说——”

“他先招惹的。反正现在他有新鼻子了，所以没什么伤害，也不算犯规。哦，看啊，他们在叫你过去呢。”

走向起跑线的时候，茉莉安一直在想南希·道森会给霍桑选择什么样的坐骑（上一次聊天时，霍桑发誓说他的资助人会为他准备一头猎豹的）。她知道在人群中寻找自己的朋友有点儿不太礼貌。霍桑被分在南门组了。

不过，她的确碰见了老熟人——她根本不想碰见的老熟人。

“说真的，他们是不是觉得什么人都可以通过这些选拔赛？”诺艾尔·德弗罗大声说道。她牵着一匹漂亮的棕色母马走到茉莉安面前，上上下下地打量着她：“这还叫作‘奇迹社团’吗？是不是改名叫‘傻丑社团’了？”

诺艾尔的朋友们都笑了。她把头发拨下肩膀，很享受众星捧月的感觉。她被她那群吵吵闹闹的追随者围绕着，长长的发辫让她的朋友们相形见绌。茉莉安不知道这些女孩儿是不是都通过了读书选拔赛。

“那正是你还能待在这儿的原因。”茉莉安说。

诺艾尔的脸一下子变得红一块白一块的。她紧紧攥着缰绳。“也许应该叫‘非法社团’。”她瞪着茉莉安，反唇相讥，“那正是你待在这儿的原因。”

茉莉安的肚子里又怪怪地翻腾了一下。是诺艾尔和她的资助人干的，那个讨厌的巴兹·查尔顿。是他们让福林罗克督察到丢卡利翁大饭店里去搜查的。这一刻她只知道一件事：茉莉安恨诺艾尔，真的恨她，因为她让茉莉安那么恐惧、绝望。她和巴兹到底知不知道他们会引起什么样的麻烦？如果茉莉安再回到豺镇去，她会有生命危险的。她想一股脑儿地说出来，想冲着诺艾尔大喊大叫，但是她不能这么做。在这儿，不行。

“你可能会因为这个被取消参赛资格的，你知道。”她反而换了话题，指了指诺艾尔的头发。

诺艾尔和其他候选人一样，身着一袭白色服装——从别致的马裤，到皮质马鞍和马鞭，都是白色的，唯有厚实的栗色鬈发上戴着的蝴蝶结是金色的。茉莉安知道这不过是琐碎小事，可她还是忍不住说出口了。

然而，诺艾尔并没有显露出忧虑的神色，也没有把蝴蝶结摘下来，而是把它卷在手指头上，更加扬扬自得了。她凑近茉莉安，用只有她们俩能听到的声音说：“这个吗？这是我给长老们的信号。这是查尔顿先生的主意。他说这能显示出我对于夺冠有多么认真。我要让长老们知道，我是冲着金色去的，也会在秘密晚宴上再见到他们。”

“秘密晚宴。”茉莉安满面怒容。诺艾尔好像是在瞎编，是在拿她寻开心。“什么秘密晚宴？”

诺艾尔难以置信似的咯咯笑了起来：“你的资助人什么也没告诉你，是吗？他好像根本就不希望你赢。”

她转身离开，又回过头叫道：“对了，那是你的坐骑吗？”她指了指茉莉安之前嫌弃过的那头猪，它正哼哼着四处找吃的呢。“真不错，你们俩般配得很。”

在西门那里，奇迹社团的工作人员爬上了一张高台，好对候选人讲话。

“那边！喂喂！先别管你们的坐骑，好的，多谢！安静！诸位，请安静！”她冲着扩音器喊道，“现在要听仔细了。因为这些说明只讲一次。”

茉莉安的心脏狂跳起来，声音大得简直要把工作人员的讲话声盖住了。

“追逐选拔赛不是一场竞速比赛。”那个女人说道，声音轰隆轰隆的，“不完全是。它是一场策略的较量。你们寻找的不是终点线，而是目标。”

她向另一位工作人员示意，后者便展开了一幅大大的老镇区的地图，挂在了一个木架子上。这幅地图和随信附给茉莉安的那幅一样，只是要大得多，上面标满了各种颜色的标志，就像撒在蛋糕上的彩虹糖霜。

这些目标标志以同心圆的形式分布，九个同心圆犹如一棵大树的年轮，每个圆的颜色都不一样，就像彩虹似的。距离石墙最近的第一圈是紫色的目标标志，这些标志分布得很密，彼此相隔几乎只有二三十米。不过，距离老镇区中央越近，蓝色、青色、绿色、黄色、橙色、粉色、红色的目标标志就越稀疏。最后一圈，也就是金色的一圈，正是勇气广场的所在，茉莉安只在这一区域找到了五个目标标志，全都在广场的正中间。

“你们的主要任务就是，”那个女工作人员说，“击中一个目标——只要一个就够——坚定地、用你们的手亲自击中。一旦击中，你们就赢了，就可以进入下一轮选拔赛。”

候选人们交头接耳起来，似乎不太确定：这比赛也太简单了吧。茉莉安等待着附加题。

“那么，”那个女工作人员继续说，“问题是，你们要击中哪个目标？参加这一轮选拔赛的候选人有三百人，而目标只有一百五十个。你会选见到的第一个目标吗？最靠外一圈的目标？这可以理解，因为那里的目标又多又容易够到。”

对，茉莉安想道，我当然得选那其中的一个！冲过去，击中容易的目标，然后晋级下一轮。她看到其他一些候选人脸上露出了困惑的表情，他们都在思考同样的问题——为什么他们不会选最简单的目标呢？

“或者，”女工作人员又说，“你们可以挑战自己。”她明朗地笑着，指了指地图的中央，“这里，勇气广场。这里只有五个金色目标。击中其中的一个，你不仅能够进入第三轮选拔赛，还会获得极为私人、极为特别的宴会入场券——长老们的秘密晚宴，在傲立楼长老厅里面举行。”

候选人爆发出一阵兴奋的喊叫。“长老厅里面？”茉莉安旁边的男孩儿小声说，“那可是只有社团成员才能进去的啊！”

茉莉安瞥了一眼站在最前面的诺艾尔。原来这就是她所谓的“冲着金色去的”。诺艾尔用手指卷着那枚金色的蝴蝶结，愈发显得不可一世。她是怎么知道的？茉莉安想。听到这个消息，其他候选人都和自己一样惊讶。为什么可恶的诺艾尔知道内情呢？

社团工作人员举起双手，要大家安静。“除了勇气广场上的这五个金色目标外，另外还有五个金色目标随机散落在老镇区。不过这有个花样：这五个目标看起来和普通目标的颜色一样，就像彩票似的，除非击中它，否则你不会知道自己获得的是不是金色目标。”

“我们怎么知道是不是呢？”一个红头发女孩儿叫道。

“到时候就知道了。”

前排有个男孩儿举手提问：“为什么要求我们穿白色衣服呢？”

工作人员彼此心知肚明地一笑。“待会儿就明白了。”那个女人对着扩音器说，“只有十个候选人——以及他们的资助人——

能参加长老们的秘密晚宴。在第三、第四轮选拔赛之前，这是亲身与长老们见面的唯一机会。”

茉莉安现在终于明白诺艾尔为什么一定要击中金色的目标了。事先给长老们留下印象，这在表演选拔赛中是多么有利的优势啊。诺艾尔肯定会让长老们感到惊艳的，就像她吸引这些哧哧傻笑的追随者一样。这想法让茉莉安感到一阵反胃。

社团工作人员继续说：“记住，你们只能击中一个目标。你们会为了这不确定的机会、特别的优势，而绕过其他颜色的目标专攻金色目标吗？还是会选择对准见到的第一个目标出击，确保你们能进入下一轮选拔赛呢？你们是富有野心的冒险家，还是冷静高效的理智者？我们拭目以待。请在起跑线上集合。追逐选拔赛将在五分钟后开始。”

茉莉安有点儿心神不安。讨厌的巴兹·查尔顿和他烦人的候选人还没到场就提早知道了追逐选拔赛的要求。朱庇特是不是也知道呢？如果他知道，为什么不告诉自己呢？诺艾尔的话在茉莉安的脑海里回荡：他好像根本就不希望你赢。

朱庇特和芬内斯塔过来了，但是也没时间提问了。

“小茉，听着，”朱庇特低沉而焦急地说道，“别管什么秘密晚宴，那个不重要。只要击中一个目标，通过这次选拔赛就好——别的全都不用担心。直走过去。小芬，你也在听吧？直走过去，略过紫色和蓝色的目标。它们附近会非常混乱，大部分候选人都会去抢他们最先看到的目标。你们不想陷进那种混乱吧。

最好的策略就是这条捷径：直走，到林荫大道，左转，到梅修大街——绿色的目标就在那一片。那里的目标虽然比较少，但如果你们能早些到的话，竞争者也会比较少。明白了吗？”

茉莉安点点头。直走，林荫大道，左转，梅修大街。这时，社团工作人员催着朱庇特离开。他回过头，无声地说了一句：好运。茉莉安没法儿张开嘴巴回答他，因为那样的话心脏就要跳出来了。不过她还是坚定地点点头，冲他扬了扬大拇指。

不远处，诺艾尔也正和她的资助人说着最后几句。不过茉莉安刚刚分辨出“金色”和“罗德里克”（罗德里克是谁？）两个词，芬内斯塔就悄悄凑了过来，在她耳边说道：“你什么也不用管，明白吗？我会带你到目标那儿去，然后告诉你‘打’。你只要做好准备出击就行。你不要指挥我或者让我刹住——如果你胆敢踢我肚子一次，我就在你屋里藏生鱼。你别想找到它，但那个臭味儿会深深地渗入你的皮肤和衣服里，侵入你的梦境里，直到把你逼疯。明白了？”

“明白了。”茉莉安说。西门石墙上挂着一只巨大的钟，正在倒数计时：六十秒钟已经过去了。茉莉安突然想到，她还根本不知道该怎么爬到芬内斯塔高大的背上去呢。“小芬，我怎么……”

她还没说完，就感到脖子上传来一阵热气，胡须和猫毛刺刺的。华姿猫用锋利的黄色牙齿叼起茉莉安，把她扔到了自己背上。茉莉安试着像骑马一样坐好——她根本没骑过马，完全就是瞎猜——但是没法儿保持平衡。她只好用两只手紧紧地抓住了柔软的灰色猫毛。

最后几秒钟也渐渐过去了。她把头凑近芬内斯塔的脖子，突然感到一阵恐慌。

“小芬，我要是掉下去了怎么办？”

“会被踩死。所以不要掉下去。”

茉莉安咽了口唾沫，手攥得更紧了。

芬内斯塔转过头来，稍微温和了一点儿：“好吧，用你的腿夹住我的肚子吧，这样就能保持平衡了。但是，不管你要干什么，别把我的毛揪掉了。”

“万一不小心揪掉了呢？”

“我还有的是毛。现在闭嘴吧，到时间了。”

指针指向了“零”，震耳欲聋的汽笛声响了。茉莉安周遭的世界一下子陷入了嘈杂、轰鸣的脚步声和身后某处资助人们的欢呼声中，犹如一场大战开启。她紧紧闭上眼睛，紧抓住芬内斯塔的毛。华姿猫的速度相当不错。茉莉安匆匆地向上一瞥，发现朱庇特说得没错：正前方，永泊镇歌剧院的大理石台阶上，就有一个紫色的目标，个头儿足有茉莉安的脑袋那么大，而约有一半的候选人争先恐后地冲着它去了。显然结果只能是惨烈的碰撞，不过茉莉安不会见证这场面了——芬内斯塔远远地绕开了歌剧院，冲向了林荫大道。混乱一下子就被甩在了身后。

砰！

砰！

砰！

茉莉安回过头，看见被候选人击中的紫色目标一个个爆裂开来，喷出鲜亮的彩色烟雾，沾满了候选人的脸和衣服，把他们整个人都染成了紫色。空气里弥漫着灰尘、彩色烟雾和巨响。

所以，这就是要他们身着白衣的目的了。选拔赛结束时，一百五十名被染得五颜六色的候选人便脱颖而出了……自然也就有另外一百五十个可怜的孩子还是参赛之初的一身白色。

不是我，茉莉安坚定地想着，紧紧地抓住了芬内斯塔，我会是绿色的。

她们穿过一大堆紫色和蓝色的目标——它们有的挂在树上和路标上，有的粘在容易够到的建筑物上，还有的就直接放在铺着鹅卵石的地面上——很快就来到了青色目标区。青色目标没那么容易碰到，但数量仍然不少，散落在街区上。

芬内斯塔的速度很快，一下子就甩掉了半数混乱之中的候选人。不过，有几个顽强的选手跟了上来——茉莉安很不高兴地看见诺艾尔·德弗罗在左边飞奔着，那匹棕色的母马四蹄生风；而小芬那个不共戴天的敌人，犀牛和它的骑手，就在她们的右侧。

芬内斯塔对那头犀牛的疑虑是正确的。它是个大麻烦。它像疯了似的变换方向，完全不顾会不会踩踏到别人，也根本不留意它摇晃的脑袋上危险的牛角。它的目的可不仅是击中金色目标而已，它想撞翻其他候选人，根本不给他们抵达勇气广场的机会。

这很聪明，茱莉安想，下流卑劣，但是聪明。东门、北门和南门的候选人是同时出发的，他们会在差不多相同的时间到达勇气广场。金色目标的数量显然不够分。对所有参赛者来说，勇气广场都将是混乱争抢的泥潭。茱莉安很高兴自己和小芬的目标是绿色的。

可是，芬内斯塔并没有在绿色目标区减速。她们没有按照朱庇特的指点，在梅修大街转弯，而是直走冲向了黄色目标区。目标越来越少，相隔的距离也越来越远，如果不能尽快击中一个，那么就会错过所有黄色目标。然而芬内斯塔一直冲过了黄色目标区、橙色目标区，完全没有要停下来的意思。

“小芬！”茱莉安终于叫了起来，“小芬，停下！你要去哪儿？”

“勇气广场，”芬内斯塔吼道，“我要给你赢个金色目标！”

茱莉安觉得血液都涌到脸上了。芬内斯塔到底在想什么啊？她疯了，她那笼中斗兽的好斗本能占了上风。

“不。小芬，朱庇特说——”

“朱庇特说的话多的是，可要我看，全都是背景杂音罢了。抓紧了。”

芬内斯塔开足马力，以一种茱莉安完全没想到的优雅在候选人中间灵活地穿梭。她每次跃起三四步的距离，蜻蜓点水似的落地，而后一秒都不耽搁就再次起跳。她绝对就是朱庇特所希望的那种“全地形动物”——从地面跃上树梢，反踏建筑物外墙跳起。为了保命，茉莉安只能紧紧地抓着。

她回过头，相当高兴地看到诺艾尔不见了——彻底消失了，可能是卷入了混乱的人群，也可能是钻到小巷里去了。

茉莉安心里燃起了一丝希望的火苗：也许小芬是对的，也许她们真能击中金色目标！

但那头横冲直撞的犀牛加快了速度。茉莉安现在能看清它背上的骑手，并且很惊讶地认出了她——是诺艾尔那个可怕的朋友。

在奇迹欢迎式上，她嘎嘎大笑，像条土狼似的；在读书选拔赛中，她扬扬自得、不可一世。然而现在，她看起来却……很吓人。她长长的黑色头发已经松开了一半，乱糟糟地蓬着，她大喊大叫，用力地拉着缰绳却徒劳无用。她已经完全无法控制她的坐骑了（茉莉安很懂那种感觉）。

而那头犀牛，却激动又坚定。它已经锁定了最大的竞争对手，并且用牛角对准了她们。

茉莉安攥住芬内斯塔的毛，脑海里一片空白，只余下一句话。她冲着华姿猫的耳朵大叫：“小芬！犀牛！”

# 2
# 最高贵的坐骑

“它冲我们来了！”

芬内斯塔没有往后看，但她速度不减，而且开始时左时右地穿梭起来，想要甩掉那头犀牛。那头长着利角的巨兽虽然速度不慢，却不够灵活，它蛮横地撞上了其他的候选人，把他们撞得人仰马翻，倒成一片。茉莉安回头看了看，只见诺艾尔的那个朋友惊恐地睁大双眼，死死地盯着前方，无法控制方向也无法放慢速度，只能紧紧攥住缰绳，几乎命悬一线。

芬内斯塔越跑越快，离人群越来越远，只有那头粗野的犀牛还紧追不放地跟在她尾巴后面。

“让它过去！”茉莉安叫道。但芬内斯塔没听见，或许，是根本不想听。她已经陷入疯狂，脑子里只有“加速”这一件事了……可是，她的步子也越来越沉重，耐力即将达到极限。

突然，犀牛在她们旁边雷鸣般地吼了一声，摇晃着巨大的头颅。

“当心，小芬！”茉莉安叫道。那头猛兽粗暴地从侧面撞了过来，它背上的女孩儿尖叫起来。茉莉安伏下身子，抱住芬内斯塔毛茸茸的脖子，两手上了锁似的紧抓着。华姿猫歪了一下，但很快就找回了平衡，防御性地抓向了犀牛。她长长的锋利的爪子正中犀牛的脸，后者疼得面目扭曲，脸都皱了起来。

茉莉安听见身后传来绝望的尖叫声。她回过头，刚好看到那头犀牛踉跄了一步，把背上的骑手甩了下来。女孩儿重重地摔在地上，听声音必定伤得不轻。犀牛扬起牛角，抬起前蹄，几乎直立起来，然后就冲向了附近的小巷。它已经把“金色目标”完全忘了。它一边狂奔，一边大声嚎叫，厚皮覆盖的脸上，伤口渗着血，原来的凶猛和狂躁都在芬内斯塔强力的一抓之下烟消云散了。芬内斯塔则仍然向前冲去，终于甩掉了这个难缠的对手。

而那个骑手，诺艾尔的朋友，被扔在了林荫大道中央。她摇晃着脑袋，好像被摔晕了。其他的候选人赶了上来，这里那里的目标一个个爆裂开来，喷出浅粉色和红色的粉末，离那个动弹不得的女孩儿越来越近。

茉莉安往前看了看，一百米之外，林荫大道变得开阔，连接着铺有鹅卵石的广场——勇气广场。而在广场的正中间，她已经看见了四个金色的目标，绕着精雕细琢的喷泉放置。茉莉安只能隐约看到第五个金色目标在喷泉中央，在雕像的顶上。它在阳光下闪着金光，正衔在一个高高的鱼形水泥雕塑的口中。

它们是如此……如此接近。没有人在她们之前。勇气广场上一个人也没有。她肯定能赢，肯定能击中金色目标。

然而，茉莉安又回头看了一眼。

那个女孩儿还在那儿。她好像凝固了一般，瞪着那步步逼近的兽群马蹄，瞪着那笼罩过来的彩色尘土——它们没有任何减速的迹象。

茉莉安的心沉了下去。

“小芬，我们得回去！”她叫道，“它们会把她踩死的！”

芬内斯塔没有听到。或者，她听到了却不想理睬。茉莉安使劲儿地拽着她的耳朵：“小芬，她会死的！”

芬内斯塔咆哮道：“你知不知道这是竞争啊？”但尽管她这么说着，却还是掉头向后，冲向那个动弹不得的无助女孩儿。

“再快点儿，小芬！”

芬内斯塔猛地加速了，她刚赶到那女孩儿身边，用牙齿把她叼起来，乌泱泱的骑手和兽群就席卷而来。小芬一跃冲进了林荫大道附近的一条小巷子里。几秒前那个女孩儿呆坐的地方，瞬间被汹涌的兽蹄踏过。

芬内斯塔一甩头，把女孩儿扔到了背上，刚好落在茉莉安前面。她瑟瑟发抖，放声大哭。“喂，别哭天抹泪的了！”华姿猫吼道。

茉莉安拉着那女孩儿的手，教她抓紧小芬脖子上厚实的猫毛。最后几个候选人和他们的坐骑赶上来呼啸而过，激起一阵尘土，把茉莉安、芬内斯塔和那个女孩儿隔在了赛道之外。没希望了，金色的目标几秒钟后就会全落进别人手里。

“或者，”茉莉安有些绝望了，她上气不接下气地说，“我们可以回去找绿色的目标，或者……或者黄色的……”

“抓。”芬内斯塔说。

“我不能就这么放弃，小芬！可能哪个地方还有……”

“你这白痴！我是说抓着我的毛！抓紧了！”茉莉安照做了。芬内斯塔向后一撤步子：“我们的目标仍是金色的！”

勇气广场上的喷泉，此刻俨然是一幅“末日之战”的景象，设置在喷泉外围的四个金色目标已经被人击中了……但还有最后一个，仍然高高地挂在半空中，仍然在那鱼形雕塑的嘴巴上闪着金光。雕塑下面，水波涌动，几十个——不，几乎有上百个孩子正泡在齐腰深的水里，撇开坐骑不管，准备自己上了。他们叫喊着，叽里咕噜地闹着，互相推搡着，把别人按进水里，绝望地想要够到目标。有几个孩子已经爬上了雕塑，攀上了鱼的尾巴和背鳍。他们扑腾着，蹬着腿，而底下的那些选手则拉着他们，想把他们拽下去。看着这犹如噩梦一般的乱象，茉莉安一点儿也不想参与其中。

但芬内斯塔是不会止步不前的。她向后撤了几步，小跑加速，一跃而起，踏在那些被候选人抛弃了的坐骑背上。马、鸵鸟、斑马……她用它们当作台阶和踏板，绕着喷泉往上冲。她那强有力的后腿猛地一蹬，高高地跃过了其他候选人，落在了雕像的顶部。她用两只前腿抱住鱼的脑袋，爪子抠进了水泥里。

“打！”芬内斯塔叫道。

茉莉安尽全力扬起胳膊，她的手指尖就要碰到了……就要碰到了……

但诺艾尔的朋友离目标更近。她似乎从刚才那一跌中恢复了，爬上芬内斯塔的脖子，膝盖卡在芬内斯塔的肩上。茉莉安紧随其后。她们同时击向了目标。

砰！

金色的粉末喷涌而出，撒向了那个女孩儿的脸，她白色的衣服和长长的发辫沾满了胜利的颜色……

……而茉莉安的身上，什么都没有。

“一个一个说，好吗？一个一个说！”满脸疲倦的工作人员喊道，“到底是谁击中目标的？谁骑着那只大猫？”

“是我。”茉莉安和那个女孩儿同时答道。她们扭过头，瞪着对方。

“是我，”茉莉安又说，“是我骑的那只猫。”

“那么你叫什么名字？”

“卡当斯，”另一个女孩儿插嘴道，“我的名字是卡当斯·布莱克本。是我骑着那只大猫，是我击中了目标。”

“不对！是我击中的！我是茉莉安·克罗，那只猫是我的坐骑！卡当斯从她的坐骑上掉下去了——她骑的是一头犀牛——是我们掉头去救……”

“我是坐在前面的！”卡当斯又插进来说，“我坐在前面，你看，肯定是我击中的。你看看我，我是金色的。”

工作人员来来回回地看着卡当斯和茉莉安：“是这样吗？谁坐在前面？”

茉莉安愣住了。她不能否认，卡当斯当时的确是坐在她前面的，正因为如此，金色的粉末才落在了她的身上。但这太荒谬了！这种愚蠢的判断技术什么也证明不了——这不公平！

“好吧，是的。但是……那只是因为我们回去救她了。要不然她早就被踩死了！”

那个工作人员冷哼了一声。“你以为这样就能赢得奇迹社团的一席之地吗？”他摇摇头说，“为什么人人都认为逞强斗勇和体育精神能给他们带来好处呢？我们测试的是韧性和雄心，不是什么好心肠。”

“但这不是重点，”茉莉安绝望地说，“那只华姿猫是我的坐骑，她是为了我爬上雕塑，不是为了卡当斯。我击中目标了！只是……”

“无稽之谈，”卡当斯的声音活像一只黄蜂，“那只猫是我的坐骑。我击中了金色的目标。我应该进入下一轮选拔赛。”

工作人员把那小小的金色信封递给了卡当斯。她把它塞进口袋，一脸骄傲地跑远了。

茉莉安真想对这不公平的一切大喊大叫，可是她的嘴巴发不出一点儿声音。她只是冷冷地看着那个工作人员，目光里满是指责。

“那只猫是她的坐骑，”他耸耸肩说，“她击中了金色目标，她将进入下一轮选拔赛。”

茉莉安像被扎破的自行车轮胎一样，沮丧至极。她被淘汰了，一切都结束了。

这时，诺艾尔悠闲地溜达过来，身边围绕着她的朋友们。她身上也沾着金色的粉末，手里的金色信封犹如战利品一般。“我在罗德里克街的角落里看见一个粉色的目标，于是决定就是它了。我也不知道为什么，可能因为粉色是我最喜欢的颜色吧。”她轻松地说道，“当它变成了那个隐藏的金色目标时，哎呀，看我有多惊讶啊！我真是幸运！”她回过头，看见了茉莉安仍然洁白的衣服，咧开嘴笑了。

罗德里克街，茉莉安愤恨地想起诺艾尔的资助人在起跑线上说的话。罗德里克！那不是人名，而是金色目标的暗号！诺艾尔根本不是什么“幸运”——巴兹·查尔顿帮她作弊了！他把隐藏的金色目标的位置告诉她了。

难怪只有她知道秘密晚宴的事！巴兹告诉她了，不惜一切手段帮她赢得了比赛。

茉莉安跌坐在喷泉边，被卡当斯的恩将仇报和诺艾尔的欺骗作弊气疯了。她觉得自己太傻了。而且，更糟的是，她已经开始为即将发生的事感到害怕了：她会被赶出永泊镇，当然，然后……然后……

烟与影的追猎者像蝗虫似的从她脑海中冒了出来，挡住了阳光，只余一片黑暗。

当朱庇特听说事情的来龙去脉时，他惊讶得目瞪口呆，而芬内斯塔暴怒了。

“那个工作人员在哪儿？”她怒气冲冲地走来走去，露出锋利的黄牙，“我要把他的写字板撕个稀巴烂！”

“我们得走了。”朱庇特突然说道。他回头看了看：“他来了。”

“谁？——哦！”茉莉安的心沉了下去。在候选人和资助人的大队人马之间，一个身着棕色警察制服的小个子急急地穿梭着。这是茉莉安在永泊镇第三讨厌的人（前两名是卡当斯·布莱克本和诺艾尔·德弗罗）。

朱庇特抓住茉莉安的胳膊，拉着她往相反的方向走，可那里也有好多穿着棕色制服的人。他们被“臭警察”包围了。

“现在我可以看看那几张纸了吧，诺斯队长。”福林罗克督察摆出一副正气凛然的样子，伸出了手，“请交出来吧。”

茉莉安屏住了呼吸。她还有机会回到丢卡利翁吗？她想，在被他们驱逐出境之前，她还能和饭店里的大家伙儿告别吗？还能收拾自己的东西吗？还有……霍桑！他们总不会连句“再见”都不允许她和朋友说一句吧？她的目光疯狂地在勇气广场上搜寻，想要最后再见他一面。他击中目标了吗？她不停地想。

而烟与影的追猎者——一个惊恐的声音小声说——是不是

已经在边境等着我了？

“请问您指的是什么纸呢，督察？”朱庇特笑容可掬地说，“早上的报纸吗？这会儿，它们可能拿去铺猫砂盆了，要么就是包炸鱼薯条了。我必须得说，您在关注时事这一方面真的非常棒，小福。如果您需要人帮忙念念那些夸夸其谈的话，就尽管跟我说。”

福林罗克绷紧了下巴，后槽牙咬得咯咯响，但还是保持着微笑。“真是机智，诺斯。非常机智。我指的当然是……你的前候选人在自由邦的护照，她在第七穴的居住证明，以及她在永泊镇的教育签证。这几张纸呢，我只要一看，就能立刻知道你的前候选人是不是有权利待在这儿——自由邦第一穴，也能知道她究竟是不是非法移民，是不是趁着夜色偷渡过来的。”

“哦，那几张纸啊。”朱庇特说，“你干吗不直说呢？”

他夸张地叹了口气，故弄玄虚地拍打着外套，把口袋都拉出来，甚至在他茂密的大胡子里去翻找那根本不存在的“几张纸”。如果这不是茉莉安生命中最不可笑的一天，她简直想大笑出来了。

“我可要没耐心了，诺斯。”

“是啊，抱歉。它们就在这儿呢……啊，不在，抱歉，这是手绢。再等等啊。”

茉莉安琢磨着，是不是应该有所行动。如果她能趁其他警察走神的时候溜出去，就有可能跑到最近的奇迹枢纽。

她装作不经意地、试探性地往旁边跨了一步。没有人来抓她。她看看四周，所有的警察都在全神贯注地看着朱庇特的“找证件”表演。她又走了一步，接着又是一步，一边回忆着霍桑在制造了蛤蟆混乱之后溜走的办法。只要再有几步，她就能混进人群里，溜之大吉。

“茉莉安·克罗！”有人大声喊道。茉莉安呆住了。完了，她要被逮捕了。再见了，永泊镇。“茉莉安·克罗！骑猫的女孩儿！你在哪儿？谁看见茉莉安·克罗了，那个骑着一只大猫的女孩儿？”

是那个负责比赛的工作人员。他看见她了，连忙挥动着一只象牙色的信封，大跨步地走了过来：“你在这儿呢！谢天谢地，总算找到你了！喏，这是给你的。”

她接过信封：“这是什么？”

“你说呢？看着像什么？当然是下一轮选拔赛的邀请函。”

茉莉安猛地回过头看着朱庇特，而他也和自己一样惊讶。福林罗克的嘴巴一开一合的，但是一个字也说不出来，活像一条被扔出水缸躺在地上喘气的金鱼。

茉莉安几乎不敢相信，她以为自己听错了。“可是……可是你说……可是卡当斯……”

“唔，是的，不过呢，有个小小的……意外。这确实有些尴尬。我们发现有一头独角兽是飞马假扮的，他们把它的翅膀藏了起来，还在它头上倒粘了个冰激凌蛋筒。真不敢相信我们竟然没有早点儿发现。这对那可怜的小家伙来说真是残忍，而且完全违反了比赛规则。就算他们没有使用翅膀飞起来，但规则手册上明确写着，会飞的动物不能参加追逐选拔赛。反正，那个候选人被剥夺资格了，也就是说，还有一个入围名额。然后，嗯……”他看起来有些惭愧，“鉴于，呃……鉴于你当时处于不同寻常的状况……呃，好吧，我们觉得这只是为了公平起见。祝贺你。”

他踽踽而去，茉莉安则高兴过了头，定定地盯着手里的信封，好像它是钻石雕琢出来的。它不是金色的，不能带她去参加长老们的秘密晚宴，但她已经不在乎了。

“我通过了。”她轻声说道，而后又放大了声音，“我进入下一轮选拔赛了！”

她撕开信封，大声地读出了里面的内容：

> 祝贺你，候选人。
>
> 你证明了你的韧性和雄心，赢得了为加入奇迹社团919团而举办的下一轮选拔赛的资格。惊骇选拔赛将在第一年秋季举行，日期、时间及地点另行通知。

朱庇特笑了，大声的、爆发式的、愉悦的笑声在茉莉安的耳边回荡。就连芬内斯塔也呼哧呼哧地笑了。茉莉安真想大跳几下，她从来没有这么高兴过，从来没有这么轻松过。

“太棒了，小茉，太棒了。抱歉，督察，那几张纸你还得再等等。此刻，茉莉安·克罗的身份问题仍然是奇迹社团的私事。哈哈哈！”

福林罗克督察气得口吐白沫。“这事儿没完！”他威胁似的用警棍狠狠地敲了一下自己的大腿。茉莉安缩了缩身子：那一下肯定会让他受伤的。“我的耳目到处都是，茉莉安·克罗。我会一直盯着你的——你们两个。严密地盯着。”

督察转过身走了，身后跟着那些身着棕色制服的弟兄。

“滚吧！”芬内斯塔冲着他们叫道。

# 3 黑暗游行

第一年·秋

“我需要一张王后。”

“干吗用？”

“给我呀。”

霍桑像是受了欺负似的重重叹了口气，在一堆纸牌中翻找了一通，总算找到了“方块王后”。“我觉得你这玩儿法不对啊。”

他们成功通过追逐选拔赛之后（霍桑击中了一个橙色的目标，他骑的并不是什么猎豹，而是一头骆驼），朱庇特就答应茉莉安和她的朋友，说他们可以在丢卡利翁大饭店共度万圣节之夜，只要他们可以彻夜不眠，吃好多糖果，以及搞点儿恶作剧什么的。说到做到，他们已经干掉了好几把糖块儿，还在音乐厅里一边自学扑克牌，一边等着芬内斯塔带他们参加午夜时的黑暗游行。

为了庆祝万圣节，音乐厅里到处点着蜡烛和南瓜灯。吸血鬼侏儒弗兰克正唱着一首讨人厌的歌，内容是砍下可怕的敌人的头颅，喝下他们的血，诸如此类。宾客们随着歌声拍着手，目眩神迷地想着，这个小个子到底有没有砍过谁的头，有没有那么可怕。

茉莉安把自己的牌铺成一把扇子的形状，摆在桌上："我赢了！"

霍桑凑过来看了看："没有啊。"

"赢了。你看：有一天，方块王后到公园里去遛狗，狗狗名叫方块杰克。方块王后遇见了红心国王，与他坠入爱河。他们六个星期（六张红心）后结了婚，生了三个孩子（三张方块），从此幸福地生活在一起。我赢了。"

霍桑抱怨一声，扔下了手里的牌："确实是，你又赢了。"

"谢谢，谢谢你们，朋友们。"吸血鬼侏儒大声说道，"此刻，在这万圣节之夜，在这与逝者最为贴近的夜晚，为了纪念我过世的母亲，我将为大家演唱她最爱的歌曲。"观众们满怀同情地轻声细语起来。弗兰克对钢琴师打了个招呼："威尔伯，劳驾，《我的至爱乃是绞刑手》，D 小调。"

"小芬在哪儿？"霍桑无精打采地摆弄着纸牌，"都快十点半了！再不快点儿出发的话，所有最好玩儿的都要错过了！"

"我的至爱乃是绞刑手，我的至爱深爱着窒息，她的双手掐住了我的喉咙，而我的心却小鹿乱撞……"

自从秋天开始，霍桑就没谈过黑暗游行之外的事。因为朱庇特要和奇迹社团的其他成员一起参与游行，于是便说服芬内斯塔替自己照顾两个孩子。小芬万般不情愿地答应了，不过她逼着朱庇特答应她，要是孩子们胡乱捣蛋，她就要在茉莉安的床单上撒痒痒粉，连撒一个月。

“芬内斯塔有她的时刻表。”茉莉安说着，咬了一口酸味骷髅糖。

“群星闪耀，她结实的臂膀拥抱着我；我瘦弱的脖颈只属于她，她暴虐的心儿只属于我。”

弗兰克以华丽的花腔和高音结束了歌曲，茉莉安和霍桑都不由得打了个哆嗦。其他宾客报之以热烈的掌声，而吸血鬼侏儒则深鞠了一躬。

“有哪位想点歌吗？”弗兰克问。

“唱点儿吓人的曲子吧！”一个年轻人叫道。

“啊，砍头和绞刑还不够吓人吗？嗯？”弗兰克的眼睛里闪着光，“那么，也许你想听的曲子是关于……奇迹锻工的？”

周遭一下子寂静无声，紧接着就爆出了紧张的干笑。坐在桌子对面的霍桑呆住了：“我们要不要去大堂等？”

“小芬叫我们在这儿等，”茉莉安说，“要是我们走了，她会发脾气的。怎么了？”

“我只是……”霍桑咽了口唾沫，压低声音说，“他不会真的唱什么奇迹锻工的歌吧。”

“奇迹锻工，”茉莉安翻了翻眼睛，“到底什么是奇迹锻工呢？为什么人人都这么怕它？”

霍桑的眼珠子都要掉出来了：“你不知道奇迹锻工的事？”

音乐厅的另一边，钢琴声戛然而止。“真的吗？”弗兰克看着茉莉安叫道，“真的有小孩儿没听过奇迹锻工的传说？”

观众们全都一脸震惊地扭过头，看着茉莉安。“我的意思是……”她说，“我听说过，但是……”她耸耸肩，咬了一口幽灵软糖。

“可能吗？”弗兰克继续说道，他提高了声调，“她竟然对永泊镇屠夫一无所知？首都的诅咒，没眼烂嘴的恶魔，她竟然全都一无所知？”

霍桑的喉咙好像哽住了似的，勉强挤出一点儿声音。“所以那到底是什么玩意儿？”茉莉安叹了口气，生气地问道。

“孩子呀，黑暗中的小孩子，”吸血鬼侏儒裹起披风，营造出戏剧性的效果，“也许你还是不知道的好……”

客人们中计了。“告诉她，弗兰克！”他们叫嚷着，粗鲁地拍着手，“跟她说说奇迹锻工的事！”

“如果你们坚持的话，那好吧。”弗兰克一扫之前不情不愿的样子。钢琴师猛地弹奏出重重的、戏剧性的音符，逗得茉莉安咯咯直笑。这些人都太傻了，她想。

“谁——或者说，什么——是奇迹锻工呢？”弗兰克开始了，“他是人，还是恶魔？他只是我们想象出来的吗？还是说，他时刻潜伏在黑暗中，伺机……偷袭？”弗兰克冲向几位女士，她们尖叫起来，一开始是被吓着了，后来就哈哈大笑起来。“他是人类，还是野蛮的动物，能用利爪和尖牙撕开边境，将我们全都吃掉？”说到这儿，他停下来，露出了自己的毒牙，屋子里响起一片惊叹声和笑声。

“可以说，这些都是奇迹锻工。他是黑暗中的幽灵，紧盯着，时刻紧盯着，耐心等待着我们放下防备，等着我们忽略他，等着我们完全忘记他的存在。”弗兰克从烛台上抓过一支蜡烛，放在下巴底下，从下往上照着自己的脸，制造出一幅诡异的景象。“而那时，就是他卷土重来的时刻。”

“胡说。”角落里传来轻轻的一声。茉莉安转过头，看见钱达夫人正在和门房凯吉瑞·伯恩斯下象棋。另一边的音乐声又起，可他们全神贯注地盯着棋盘，完全没有理会。

凯吉瑞咕哝着赞同道：“是啊，全是瞎扯。”

“是吗？”茉莉安问，“这么说，奇迹锻工不是真的？”

钱达夫人叹了口气。“哦，奇迹锻工倒是真的，但我要是你，就不会去问那个长着尖牙的戏精。”她小声说着，冲着弗兰克努努嘴。弗兰克正趁着乐器停下来的间歇跳踢踏舞呢。“他对奇迹锻工的了解不过是管中窥豹罢了，以为吓唬人很好玩儿呢。”

茉莉安皱起眉头：“可是，大家确实都很怕奇迹锻工啊。为什么呢？那究竟是什么？”

“这是个很好的问题。”钱达夫人说。凯吉瑞警告似的摇摇头，钱达夫人却冲他摆了摆手：“哦，瑞瑞，她早晚都会知道的啊。听我们实情相告，总比听那个傻瓜说一堆废话要好吧，你说呢？”

凯吉瑞举起双手，有所防备地说：“好吧，但我认为诺斯并不愿意这样啊。”

“那诺斯就该自己告诉她。”钱达夫人停下来，吃掉了凯吉瑞的“马”，然后又喝了一口白兰地，“虽然弗兰克的确傻乎乎的，他却提出了一个有趣的历史性问题：奇迹锻工是个人，还是个恶魔？他肯定曾经是个人。尽管他年轻时的照片和画像都毁了，可他过去确实是个人的模样。有人说，他现在原形毕露了，原来深藏在内心的黑暗面显露出来了，人人都看得见。人们说他可怕地变身了，说他的牙齿、嘴巴和眼白都变成了黑色，就像只蜘蛛；他的皮肤变得灰暗腐坏，正如他腐坏的灵魂一样。”

“他真的被流放，离开永泊镇了吗？”霍桑问。

“是的。”钱达夫人的神情黯淡了，“他已经被流放了一百多个冬季，被逐出了永泊镇，禁止在自由邦全部七穴出入。时至今日，他被这座伟大而古老的城镇隔绝在外，被皇家巫术委员会和超自然联盟共同的法力隔绝在外，被我们重重防备的边境隔绝在外。这边境由陆军守卫，由空军警戒，由警察督察巡逻，由潜行特勤监视，可能还有几十个秘密组织暗中行事，只为保护我们不受奇迹锻工的侵扰。几千名男男女女不间断地工作着，每天二十四小时，每周七天，就这样严防死守了一百多年，只为了将那个人隔绝在外。”

茉莉安咽了口唾沫。几千人……对一个人？“为什么？他干过什么？”

“他从人变成了恶魔，小姑娘，这就是他干过的事。”凯吉瑞说，“这恶魔，是他自己亲手把自己变成恶魔的。他极其聪明，极有天赋，极为扭曲，于是想扮演神的角色。他组建了一支由恐怖生物构成的部队，想以此征服永泊镇，奴役这里的人民。”

“为什么？”

凯吉瑞眨眨眼睛：“为了权力，我猜。他企图占有这个城镇，进而占有整片地域。”

“有些人站出来阻止他，”钱达夫人接口道，“但是他们全都被杀了。那些勇敢、无私的男人和女人，全都被奇迹锻工和他的恶魔军队毁灭了。事发地离这儿不远，就在老镇区。为了纪念这些勇敢的人，那个地方被重新命名为‘勇气广场’。”

“我们去过那儿，那儿是追逐选拔赛的终点。”茉莉安说道。霍桑也严肃地点了点头。很难想象，那铺着鹅卵石、洒满阳光的广场，曾被一场大屠杀的血所浸染。“还有——哦！我们读到过关于勇气广场大屠杀的事，对吧，霍桑？就在我们准备读书选拔赛的时候。不过那本《永泊镇原始部落百科全书》里可完全没提到奇迹锻工啊。”

“是啊，不会提的。”凯吉瑞意有所指地冲着钱达夫人扬了扬眉毛，“就连历史书也不愿意提及奇迹锻工。”

“没有人确切地知道当天到底发生了什么。”钱达夫人没理会凯吉瑞的评论，继续说道，“有人说奇迹锻工是被我们的进攻削弱了战斗力，也有人说他是被自己造出来的恶魔抛弃了——

它们尝过了死亡的味道，甘之如饴，于是没入永泊镇最黑暗的角落，潜伏着，杀戮着，日复一日等待着它们的主人回来统治这里。”

“钱达……”凯吉瑞意味深长地看了她一眼。

“怎么了？人们就是这么说的啊。”

“那不是真的，小家伙们，”凯吉瑞说，“只是吓唬人的传闻罢了。”

“我没说那是真的，瑞瑞，我只是说‘有人这么说’。”钱达夫人气恼地说，“反正，自从那天起，永泊镇就永远将他拒之门外了。当然，虽然边境是由巫师、魔法师、警察督察和潜行特勤严防死守的，可人人都知道，真正将奇迹锻工挡在外面的，是永泊镇。”

“怎么挡？”茉莉安瞥了一眼霍桑，只见他使劲儿地咽了口唾沫，好像有点儿虚弱，“如果奇迹锻工想出办法回来了怎么办？”

“这是一座古老而富有力量的城镇，孩子们，”凯吉瑞说，“它由古老而强大的魔法守护。这力量要比奇迹锻工的能耐大得多，你们用不着担心……”

“小芬来了！”霍桑突然叫道。他一把抓住茉莉安的胳膊，朝门口的华姿猫跑去，显然是想赶紧把关于奇迹锻工的谈话抛在身后。

永泊镇里挤满了幽灵。

还有吸血鬼、狼人、公主和鹰钩鼻女巫，以及不少精灵仙女。南瓜灯随处可见，数千人身着盛装戏服，聚集在主街大道上，等待着永泊镇万圣节庆典开始。

茉莉安搓着双手取暖，又把脖子上的围巾系紧了。她和霍桑兴奋地相视而笑，在清冷的秋季空气里呵出了白雾。他们费劲地在摩肩接踵的人群里挤来挤去，挤到了朱庇特所说的最好的游行观摩地点——执事街与麦克拉斯基大道的交叉口。

朱庇特说，奇迹社团的游行传统已经有上百年历史了。最初，游行只是安安静静地行走，社团成员们穿着正式的黑色礼服，胸前别着金色的 W 形胸针，为的是纪念这一年里离世的成员。他们排成九排，在万圣节之夜这个生与死的界限最为薄弱的时刻走过街巷。

时光荏苒，永泊镇的居民们渐渐地开始围观这一安静的游行，以示他们的敬意。这一游行也就逐渐成了这座城镇最为神圣的传统，被大家称为“黑暗游行”。又过了很多年，游行越来越热闹，越来越花哨，不过奇迹社团仍然保持传统，在游行中最先出场。

庄严肃穆的九排队列经过时，人们静得出奇，只能听见社团成员们在鹅卵石上踏步的声音。茉莉安觉得自己可能看见了朱庇特那金黄色的大脑袋，不过人太多了，走得也太快了，她也不是很确定。他们的神情忧郁肃穆，他们的眼睛直视前方，成员之间相隔一定空间。有的人擎着蜡烛行进，每一支蜡烛都代表着一位已经离开的成员，朱庇特是这么说的。队伍中最年轻的成员走在第一排，他们看起来比茉莉安大不了多少。茉莉安猜想，他们肯定是918团的。

她和霍桑能参加明年的游行吗？茉莉安想，要霍桑这么长时间面无表情也太难了。

然而，另一幅令人不快的画面钻进了她的脑袋：霍桑和诺艾尔肩并肩地走着。那更有可能发生吧，她难过地想道，驭龙的男孩儿和有着天使嗓音的女孩儿，加入了奇迹社团的游行队列，和他们天赋异禀的同伴们一起走过永泊镇的街巷。她的兴奋淡了一点儿。

当奇迹社团的游行队伍走过去之后，“真正的游行”（霍桑如此称呼）才终于拉开帷幕。音乐响起来了，人群中涌动着期待。

“我从来没有这么靠前过！”霍桑说。

“那是因为你以前从来没有用小芬吓过人。”茉莉安瞥了一眼华姿猫，她正一脸不高兴地站在他们背后，警觉地盯着来来往往的游人。

尽管芬内斯塔很不乐意充当保姆的角色，但她还是很尽职。只要一有人靠近，她就咝咝出声，露出尖牙，把他们吓得瞪大眼睛往后退。结果，茉莉安和霍桑四周就像罩了个气球似的空出了一小块空间。小芬就像是个坏脾气、毛茸茸的结界。

最先走来的是打扮成魔鬼模样的乐队，指挥是个飘忽不定的“幽灵”。紧接着是一队树篱笆，它们修剪成动物形状，像木偶似的被操纵着，栩栩如生。一头树篱做成的猛犸象来回晃动着巨大的獠牙，绿油油的狮子冲着一群孩子咆哮怒吼，吓得他们吱哇乱叫。

队伍经过时，茉莉安和霍桑也叫着笑着回应他们。还有一座三层楼高的狼人模型，十分吓人，它是由一群人在底下用长木棍操纵的。那模型的血盆大口甚至可以开合，黄色的眼睛也可以眨呀眨的。

不过，茉莉安最喜欢的是永泊镇女巫联合会的队伍。

“今年也还是陈词滥调啊，不是吗？”芬内斯塔勉勉强强地说道。女巫们戴着黑色的尖顶帽，鼻子上戴着假的鹰钩鼻，有的抱着黑猫，有的骑着电动扫把，半空中都是咯咯笑声。“她们通常都是这样，‘哦，别怕，我们只是普通人’，今年好点儿。飞吧，小巫婆。”

人群越来越拥挤，大人们和孩子们一样兴奋不已，每每有花车队伍经过就是一番欢呼。只有一队例外：一只巨大的老人人偶披着披风，伴着尖厉的小提琴声和令人毛骨悚然的风琴声出现了，人们的欢闹声戛然而止，取而代之的是异样的目光。这个人偶不如之前的狼人模型大，而且，在茉莉安看来，也没什么吓人的地方。可是，当它拖着步子往前走时，大人们似乎都很不高兴，孩子们遮住了脸，就连芬内斯塔也皱起了眉头，不过，茉莉安说不好，这是她每日例行的皱眉头，还是她此刻专用、意有所指的皱眉头。

“他们非得这么煞风景吗？”旁边的一位女士捂住了她儿子的眼睛，“竟然把这么可怕的东西弄来，就算是在黑暗游行中也太过分了。奇迹锻工哪！天哪！”

“那玩意儿就是奇迹锻工？”茉莉安大笑着转向霍桑，却见他正警惕地盯着那人偶。

它的模样并不令人害怕。只是个弯腰驼背的老人，披着扑动的披风，长着黑色的眼睛和尖尖的黑牙，手指尖不是指甲，而是长长的利爪。不时有烟花从它的手中和眼睛中喷出来，嘴巴里的扩音器还发出一阵阵干巴巴的蠢笑声。茉莉安不明白，怎么有人会怕这个傻乎乎的东西呢，但她随即就想起了勇气广场大屠杀，钱达夫人的话也突然出现在她的脑海里：他是个变成了恶魔的人。

“看那个！”霍桑叫道，他的目光果断地越过了奇迹锻工人偶，落在后面的队伍上，“摩登墓园花车！这个是最棒的！”

这辆花车看起来就像真的墓园一样，四周缭绕着白雾，一大堆僵尸挤挤挨挨的。茉莉安知道，那是人扮成了僵尸的模样——看那些绿色的油彩就知道了——但是，他们呻吟着想要爬出新坟的样子却让茉莉安背后发凉。他们从花车四周的铸铁栏杆之间探出身子，扑向又笑又叫、又兴奋又害怕的孩子们。

霍桑说得没错，这是最棒的花车。围观的人群似乎也同意这一点，因为他们一再地往前挤，踮着脚尖想要看清楚。站在茉莉安和霍桑前面的一个男人把他的儿子扛上了肩膀，完全挡住了他们的视线。

霍桑抱怨道：“什么啊，真是的……那边有个垃圾箱！我们爬上去就能看见了！”

茉莉安有些犹豫：“可是小芬……”

“我们不在那儿久留就是了。快点儿，趁她走神！”霍桑冲着芬内斯塔努努嘴。她正对着探身出来的僵尸挥爪呢。

“好吧，”茉莉安咕哝道，“不过，要是我的床单上被撒了痒痒粉，我肯定……”

小巷很脏，垃圾箱很臭。霍桑先爬上去，然后向茉莉安伸出了手。

“帮帮我。”小巷尽头传来一个声音。没有人在那儿。

“拜托，请帮帮我。我摔倒了。”听起来像个老太太，虚弱又害怕。茉莉安和霍桑交换了个眼神。霍桑热切地看了看那个摩登墓园花车，然后就跳下了垃圾箱。

“你好？”茉莉安问，“是谁在那儿？”

“哦，谢天谢地！请帮帮我，拜托了。我摔倒了，这儿……又黑又湿。我的脚踝摔伤了。”

他们小心地往小巷子里走。

“你在哪儿？”霍桑问，“我们看不见你呀。”

“在下面。”

声音是从他们脚下传来的。茉莉安往后退了退。

“是下水井，霍桑。”一丝不安袭来：真的有人会被困在那里面吗？

他们撬开了下水井的盖子，把它挪到一旁。茉莉安向下看了看，却只看到一片漆黑。“喂？你在下面吗？”

“哦！谢天谢地，你们听见了！我摔倒了，伤了脚踝……我觉得我自己可能爬不上去。”

“好，别……别慌啊！”茉莉安叫道，“我们这就爬下去帮你。”

霍桑却把她拉到一边，焦虑地轻声说：“虽然我不在行，但是，如果下水井里有个声音叫你下去，你不觉得……不应该下去吗？”

“那只不过是个老太太啊。”茉莉安是在说服霍桑，也是在说服自己，因为事情确实有点儿古怪，“你从什么时候开始怕起老太太来了？”

“从她在下水井里喊我开始。”

“她需要看医生。”

“或许我们应该去找小芬……”

“哦，对呀，我们应该跑去找小芬，然后把她丢在这黑漆漆的小巷里。”茉莉安嘲讽道，“真是好主意。”

霍桑恼怒地说：“好吧，好吧。不过要是我们被下水井里的巨型老鼠生吞了，或是被永泊镇下水井怪兽撕成碎片，我妈妈可真会生气的。”

他们最终决定，由茉莉安爬到下水井里面去，扶着老太太爬上梯子，而霍桑——得益于驭龙训练，他的上肢更有力气——就可以把她拉上去。

茉莉安刚踏上梯子时，只是有点儿紧张，可两三级之后，处于全然的黑暗中时，她便完全吓坏了。她抬头看了看，确定霍桑是不是还在那儿。

“你确定要这么做？”他问。

底下传来一阵哭声：“请快点儿吧，我站不住了。”

茉莉安咽了口唾沫，脖子上的动脉砰砰跳着。她又向下迈了一级，又一级，把注意力放在脚下一级一级的梯子上，最终踩到了坚硬的地面。

这里比她想象的还要黑。她眨眨眼睛，等着视觉适应黑暗。

“你……你好？我看不见你，你在哪儿？”

没有人回答。茉莉安的心跳加快了。“喂？”传来的只有回声，“你没事吧？”

她抬头向上望去。小巷里的光亮不见了，霍桑也不见了。她呆住了，连忙伸手去抓梯子，可四周只有黑暗，什么也摸不到。梯子也消失了。

“到底怎么回事？”茉莉安问道。她极力地想镇定点儿，可她的声音却不禁颤抖着，“这一点儿也不好笑。”

老太太咯咯笑了。

茉莉安确定，这就是那个呼救的声音。黑暗中亮起了黄色的光，她眨眨眼，好适应突如其来的光线。当她能看清时，她发现自己和那个老太太并不是在什么下水井里，而这个地方也并非只有她们二人。

# 4 跟着光

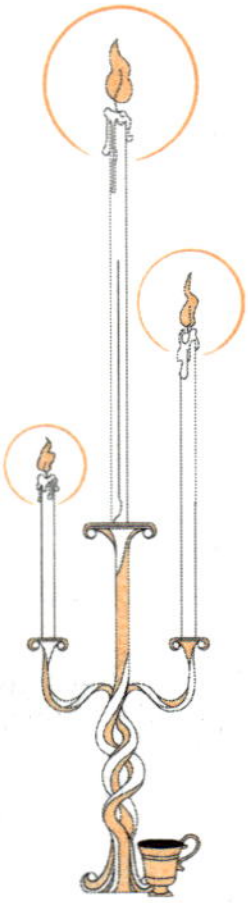

她们紧紧地把她围在中间，脸孔被灯光诡异地照亮。

茉莉安想大叫，想逃跑，想喊霍桑，但她吓得一动也动不了。

“我们是十三女巫会的女巫。我们是眼睛，看得见那些人所看不见的东西；我们是声音，说得出那些人所说不出的话语；我们从温和驯服中甄别出勇敢有力。”

她们一共七个人，说起话来却像一个人似的。她们当中既有年轻人，也有年长者，但是既没有戴黑色的尖顶帽，也没人长着有疙瘩的鹰钩鼻。她们穿着黑色的长袖裙子，扣子一直扣到了下巴，头发紧紧地向后梳着，阴沉的脸上蒙着黑色面纱。茉莉安突然意识到，这才是女巫的真实模样。她不再喜欢她们了。

“你们想干什么？”她转动着身体，不敢长时间地盯住其中的哪一个。

“万圣节之夜，两件惊骇之事将降临于你。”她们异口同声地说道，“一件需要见证，一件需要相信。如有必要则逃离，如有胆量则向前。或是跟着光，获得祷告祈福。”

其中一个女巫递给茱莉安一只象牙色的小信封，里面的卡片上写着：

> 欢迎参加惊骇选拔赛。
>
> 你可以立即退出奇迹社团选拔赛，转身离开。
>
> 如果你想继续，我们将不为可能的结果负任何责任。
>
> 请做出你的明智之选。

“惊骇选拔赛。”茱莉安小声嘀咕。她也不知道是该松一口气，还是该更加害怕。因为这些女巫显然肯定不会把她丢进大锅里煮了，或是把她变成蝾螈什么的。可是，朱庇特怎么说来着？他说这是“精神崩溃赛”？“有的候选人一直都没能恢复过来。”要是知道新的长老院又把这项比赛列入了选择名单，他也会惊慌失措吧。

茱莉安咽了口唾沫。十三女巫会的女巫们用冷漠阴沉的眼睛望着她。

“我们能决定你的命运，”她们唱诵道，“我们知道等待你的惊骇和恐惧。明智点儿，转身走吧，免得太迟。或者，若是你敢，就打开这道门。”

蜡烛灭了，一阵风似的，女巫们也不见了。

黑暗中亮起了两盏灯，茉莉安右边的梯子也回来了，街灯的光从头顶之上的井口投了下来。她抬起头，隐约可以听见远处黑暗游行的吵闹声，心里无比渴望能回到那里去。

“霍桑？”她犹犹豫豫地叫道，“你还在吗？”

可是她的朋友没有回应。茉莉安的心中一阵翻腾：他是去找小芬了吗？还是也被带到了什么地方，置身于他的惊骇选拔赛中？

左边，黑暗的深处，阴影中半明半昧地露出一扇木头拱门。一支蜡烛孤零零地插在上面，滴着蜡油，闪着微光，仿佛在邀请她进去。跟着光，获得祷告祈福。

茉莉安实在太想爬上梯子回去了。

可是，她怎么能此刻就弃赛呢？她想起了朱庇特，想起了福林罗克督察，想起了霍桑，想起了丢卡利翁大饭店，而最重要的是，如果被驱逐出永泊镇，她就必须再次面对烟与影的追猎者。不管惊骇选拔赛中会有什么，都肯定不会比它们更吓人。

茉莉安紧紧地攥着拳头，趁着自己还没改变主意，挣扎着推开了那扇门。

夜晚的空气让她的脖颈一阵发凉：她出来了。

但这儿不是那条小巷。

一轮满月照着起伏的山丘，山丘上是高高低低的墓碑、水泥天使雕像、笨重的陵寝。在茉莉安的头顶之上，一道石头拱门上刻着四个字：摩登墓园。

这里没有游行花车，没有纸板做的墓碑，也没有绉纸剪贴的树。这儿是真正的摩登墓园……不管它究竟在什么地方。

真不是个好消息啊。

更糟的是，茉莉安又一次发现，这里不是只有自己。

呻吟声在她脚下的地面之下响了起来——她正站在一座坟墓上，坟墓里有个尸体，正从黏糊糊的泥土里冒出来，诡异刺耳地叫唤着。

茉莉安惊声尖叫，慌忙想要逃离泥潭。她摔倒在地，想挪动手和膝盖爬走，然而却是徒劳。

她疯狂地用力抓住附近的草，拼命想要逃脱。她使足了力气，踉踉跄跄地站起来，强忍着反感和恐惧，把脚从泥潭里拔了出来。

“呃，真恶心！”她咕哝着，蹭掉那闪着微光的灰色烂泥。

四周出现了几十个僵尸，潮水一般向茉莉安涌来，用饥渴的白色眼睛盯着她。它们的皮肤和肌肉腐烂了，松松垮垮地挂在骨头上，寿衣也因年代久远而变得晦暗、破烂。它们完全不同于黑暗游行花车上那些衣服撕得好看、涂着绿色油彩的“僵尸”，它们是活死人，正在向她扑来。

“啊啊啊啊啊啊——”

一个头发卷曲、四肢瘦长的身影，像一阵狂风似的挥拳猛打，掀动火影，嘶哑地吼叫着，从那一群僵尸中冲了出来。僵尸们摇摇晃晃地躲开了，就算不是害怕，多少也有点儿忌惮吧。

“吃我一拳！死东西！”

霍桑的衣服破破烂烂的，头发里沾着树叶和小树枝，他双手举着一支火把，冲着那些僵尸疯狂地乱挥乱打。茉莉安不得不往后退了几步，才没让火星溅到脸上，不过，这一招倒似乎制住了那些活死人。

“你跑到哪儿去了？”总算见到人了，她这辈子都没有这么开心过。

“我？”霍桑反问，“你跑到哪儿去了？我叫了你好几声，正要爬下去，巷子里就黑了，然后那些女巫……”

“十三女巫会！”茉莉安叫道，“我也碰见她们了。她们真是可怕，还说我们会遇到……”

“两件惊骇之事，我知道。”霍桑的眼睛瞪得像盘子一样大，他一边往前冲，一边像挥剑似的前后挥动火把。嗖嗖，嗖嗖。那些活死人仍然不断地从坟墓中爬出来，就像老鼠从下水道里钻出来。

茉莉安哆嗦着问道：“我们怎么离开这儿？”

“不知道。”嗖嗖。

“嗯，那你怎么来这儿的？”

“我也不清楚。好像是在一条隧道里，一端能看见黑暗游行，另一端就点着一支蜡烛。我知道，要是回到游行那里去……”嗖嗖，嗖嗖，嗖嗖——“我就会被淘汰了，所以我就……”

“跟着光？”茉莉安倒吸了一口冷气，一把抓住了他的肩膀，“霍桑，蜡烛！跟着光，女巫就是这么说的！我就是跟着烛光进了一扇门，然后……”

“它们来了！”霍桑上气不接下气地叫唤着，甩动着火把。嗖嗖，嗖嗖。“我们得跑！”嗖嗖。

“怎么跑？你能当心点儿吗！”茉莉安慌忙向后退了一步，火星擦着她的脑袋飞了过去，“你从哪儿弄到这东西的？”

“它就挂在一座墓室外面。那上面，在……”霍桑没说下去，他的眼睛却突然亮了。茉莉安循着他的目光，看见一座大理石坟冢，就在小山坡的顶上。“……在天使下面。天使雕像——墓室上面的天使雕像——刚才拿着一支蜡烛。我肯定没看错！”

茉莉安的心猛地一跳。他们在墓园里狂奔，希望和恐惧混合在一起席卷而来。跟着光，获得祷告祈福。天使，祷告。这就是线索！如果要从这儿出去，她想，出口一定就在那座墓室里。可能只有两种：要么成功逃离这场可怕的噩梦，要么被一群敲打棺盖的活死人困在大理石棺材里。

霍桑走在前头，挥舞着火把，像丛林里的探险家挥动砍刀那样，硬是拼出一条路来。僵尸们惧怕火光，东倒西歪地渐渐消失了。

山顶上的墓室闪着光——那儿有一座小小的灯塔，照着他们前行。就要到了！墓室越来越近，越来越近，可是它……

“锁上了！”霍桑喘着气说。他扔掉火把，用了全身的力气去推那扇铁门。茉莉安也跟着一起推。可就算他们两个人的力气加在一起，也没能让铁门挪动一分一毫。

身后又传来了僵尸的动静。它们蹭过石子路，发出锉刀般刺耳的声音，摩登墓园的常住客们步步逼近。霍桑捡起了火把，惊慌地挥动起来。但这次，因为恐惧，他挥得太用力了，最后嗖的一声，火把彻底熄灭了。

“完了，”茉莉安想，“我们完蛋了。”

她绝望地仰起脸，望向墓室顶上的雕像。天使嘲弄地俯视着她，胖胖的手里擎着一支滴滴答答流着烛泪的蜡烛。

不过……等一下。

茉莉安眨眨眼睛。天使雕像的另一只手正指着他们左侧的地面——一处新掘的还没有覆盖上泥土的新坟，一个大约六英尺深的坑。

一种全然不同的恐惧感击中了茉莉安。

霍桑仍然不停地朝着僵尸群挥动着那已经熄灭的火把，但是没有了火苗，那些活死人就不那么怕了。最后，他只好绝望地把火把扔向了一个穿戴精致的僵尸，却只打掉了它的帽子。“你有什么主意吗？”

“有一个。”茉莉安抓住霍桑的胳膊，一边盯着僵尸的动静，一边慢慢地朝着那座新坟走去。

“是好主意吗？”

“是。”她撒谎了。那是个糟糕透顶的主意。可怕极了，但她只能想到这一个办法。

“你能告诉我到底是什么主意吗？”

“不行。”

茉莉安跳进了那座新坟，也把霍桑拽了下去。她准备着，等待着落地的时刻，等待着证明自己想错了最终被僵尸抓住的时刻。

但那一刻始终没有来。一对朋友不停下落——尖叫声一直也没停——在寒冷和黑暗中下落，仿佛永无止尽一般。当他们终于双脚踏上坚实的地面时，地面变成了柔软湿润的草坪。他们呆坐了整整一分钟，喘着粗气，放心地傻笑起来。

“怎么……”霍桑呼哧呼哧地问，“你怎么知道这样能行？”

“我不知道。猜的。”

“猜得好。”

茉莉安站起身，掸掉身上的土。他们身处一座花园，四周是二十英尺高的篱笆。茂盛的植物间闪烁着金色的光点。花园的尽头，一个池塘流水汩汩，另一边有一棵苹果树，红色的果实落到了地上。在他们左侧，树篱搭成了一道拱门，掩映着一条黑暗朦胧的小路，而右侧是半掩的木门，门里面透出浅浅的银光，洒向了院子。

“我们这是在哪儿？”霍桑问。

空气里充斥着秋天的气息，闻起来有一种雨水、焚烧烟雾和腐烂树叶混合的气味。还有苹果和蜂蜡的味儿。天上的月亮看起来更亮，更黄，就像是有人把这整个秋夜抬升了几个等级似的：一切的一切都似乎……多一点儿。

“是奇团的天气。”茉莉安咕哝道，“霍桑，我想我们应该是在奇迹社团的花园里。”

“哦！”他很惊讶，“是这儿啊？那……我们通过了吗？”

“不确定啊。我们不是要遇见两件惊骇之事吗？”

霍桑做了个鬼脸：“希望碰见那些女巫已经算是一件了。”

茉莉安皱起眉头。真会这么简单吗？女巫确实诡异，而且不用再待在摩登墓园里简直太好了……不过，即便如此，这也称不上“崩溃选拔赛”吧？也许她能忍受恐惧的限度比其他人要高？她闹不明白。

这庭院让人觉得宁和平静，茉莉安还不想那么快离开。也许有人会来恭喜他们，说他们进入了最终一轮选拔赛。也许，茉莉安想，我应该在这儿等一会儿……

她仿佛飘浮在梦境中，四周是池塘里叮叮咚咚的流水声，听了让人心情愉悦，仿佛那水在召唤她，在拉拽她的神思。

接着，她看见了。一道金光冲破了水面，池塘中央的一块石头上，一支蜡烛立在那儿，融化的蜡油正滴滴答答地落进水里。她刚要张嘴叫霍桑，却听见——

“茉莉安，看呀！”他在庭院的另一边叫道，“我找到了！

我找到第二支蜡烛了！”

茉莉安跑到霍桑那里，只见他站在那棵苹果树下，正向上指着树枝。没错，亮着的蜡烛就在那茂密的树冠上，已经积了一摊蜡油。他们连忙搜索了一番，很快就在木门那里找到了第三支燃烧着的蜡烛，又在昏暗树篱拱门下的草地上找到了第四支。

“我们该跟着哪个走？”茉莉安问。

“这不是明摆着的吗？”霍桑被问迷糊了。

“池塘。”“苹果树。”茉莉安和霍桑同时说道。

“不对，是池塘。”茉莉安坚持道，“你不明白吗？我们得跳进去！蜡烛在树上，你怎么‘跟着光’？”

“爬上去啊，嘁！”

“那要是……掉下来摔断腿怎么办？”

他怎么会认为应该跟着树上的蜡烛呢？显然池塘里的那个才是对的啊。茉莉安能感觉到，身体深处能感觉到。它在召唤她。

“我们不能整夜在这儿干站着，”霍桑说，“我们抽签吧。”

“没有签。”

“那么，石头剪刀布。”

茉莉安不高兴地抱怨道：“好吧好吧。”

“你们两个是不是傻到家了？”阴影处突然有人说话。

他们循声望去，只见一个女孩儿背倚着树篱，席地而坐。她长而厚密的头发扎成两条辫子，身上穿着法兰绒睡袍和条纹羊毛短袜。十三女巫会的女巫肯定是直接把她从床上拽来的。

茉莉安心里涌起一股不快：她认得那个女孩儿。

“你在这儿干什么？”

“想什么呢你？”卡当斯·布莱克本翻了翻眼睛，“参加惊骇选拔赛啊，跟你一样。”

茉莉安怒道：“你是个骗子，卡当斯。”

“你……”卡当斯脸上嘲讽的表情消失了，取而代之的是惊讶，“你记得我？”

“我当然记得你。”茉莉安觉得心头怒火愈燃愈烈，“追逐选拔赛里，你偷了我的名次，还偷了我参加长老们的秘密晚宴的资格。”

卡当斯平静地看着她，嘴巴微微张开，茉莉安还以为她要道歉，可她却更尖刻地说：“那又怎么样？你不是也在这儿吗？”

“但愿那晚宴值得一偷，”茉莉安愤恨地说，“看来你和奎恩长老已然是忘年之交了，是吧？”

“并不是。”卡当斯站起来，把睡袍裹紧。袍子上沾着泥巴，她的头发里夹着树叶和树枝。茉莉安不知道她遇到的第一件惊骇之事是什么，是不是也是被僵尸追呢……不过她不会主动开口问的。“你那么想知道，我就告诉你。晚宴就是垃圾，诺艾尔全程都在喋喋不休地表白自己，谁也插不进一句话，长老们几乎就没注意到我。”她突然不说了。她竟然会如此谈论自己的朋友，这让茉莉安很是惊讶。卡当斯走到池塘边说：“对了，你们选好了吗，笨蛋们？”

“选什么？”霍桑问。

“你们肯定不能选同一个啊。”卡当斯做出一副理所当然的表情，“其他人都是直接穿过拱门，或是爬上那棵傻乎乎的树，或者别的什么。只有你们两个傻子竟然要抽签决定。”

“其他人？”霍桑说，“有多少人从这儿经过？”

“一大堆。我们都会被丢到这儿，然后每人都会迷上一支蜡烛。这是测试的一部分。你们应该选最吸引你们的那支蜡烛。反正，”她无所谓地耸耸肩说，“我是这么想的。”

“既然你这么聪明，那怎么还没走呢？”霍桑问，“因为害怕吗？”

卡当斯冲他做了个鬼脸：“我当然不怕了。我只是……还没有人跳进池塘。他们全都去爬那棵树了。我只是在等……”

茉莉安发火了：“哦，当然了，你在等着看会发生什么！你怕选到不好的，所以不想自己先跳。你是个骗子，而且还是个懦夫。好吧，我不在乎。我才不怕呢。”茉莉安撒谎了。她站到池塘边上，攥着裙子边，免得双手抖个不停。“霍桑，”她紧闭着眼睛，希望自己的语气听起来更有信心，“你去爬树，我跳池塘。”

“你确定你不……”

“数三下！”她抢着说道，免得真被他说服了，“一——”

“三！”卡当斯叫着，从背后推了茉莉安一把。

茉莉安脸朝下摔进池塘里，沉了下去。她沉啊，沉啊，肺里没有空气了。她扑腾四肢，挣扎着想浮上去，在黑暗的水里睁开了眼睛。上面没有蜡烛的光。一切都是黑暗的。她的肺快要烧起来了。她就要被淹没，就要被淹死，就要……

静止。

黑暗。

干燥。

陆地。

茉莉安猛地呼吸了一大口，甜美而凉爽的空气灌进了肺里。

地面崎岖不平，十分坚硬。她费力地跪起来，然后站起来，摇摇晃晃地总算找到了平衡。

四周一片静谧。她的脖颈后掠过一丝凉意。

茉莉安看了看路标：这儿是执事街和麦克拉斯基大道的交叉口。头顶上的一盏金色煤气灯洒下一圈光晕，照着空荡荡的石子路。而在之前——几个小时之前？几天之前？——这里还挤满了身着盛装的欢庆者和傻乎乎的游行花车呢。

小芬呢？她想，霍桑呢？

街上没有一丝活气。

“喂？”她小声叫道，既怕有什么东西来回答她，又怕得不到任何回应。

不过，确实有回应了——轻轻拍打扑扇的声音。

茉莉安抬起头，看见一个黑乎乎的东西，有点儿像小蝙蝠，或是大个儿的蛾子。它挥动翅膀，穿过煤气灯的灯光，带着一丝微风，不偏不倚地落在了她的脚边。

它身上有一只黑色的信封，上面写着她的名字。

她弯腰把它捡起来。

里面有一张纸条：

你失败了。

它们来了。

出局。

茉莉安觉得自己腿上的肌肉全都紧绷绷的，不知道为什么就是挪不动步子。它们来了。这句话在她脑海里回荡着。

完了。她没通过惊骇选拔赛。她一整年都把那个诅咒甩开了，但它最终还是追上来了。

静谧被猎人的号角声和马蹄踏在石子路上的嘈杂声打破了。纸条从茉莉安的手里掉落，慢慢地飘向地面，最终背面朝上，不动了。那上面只有一个字：

跑。

可是，没有地方可以逃跑。烟与影的追猎者突然从黑暗中现身，将她团团围住，一点点地吞噬四周的光晕。光晕越来越小，越来越暗……

突然，一个出其不意的声音响起，仿佛是从她的脑后传来的：影子就是影子，克罗小姐。它们就想保持黑暗的模样。

“光。”茉莉安哆哆嗦嗦地轻声说，“待在有光的地方。”她强迫自己不去看追猎者猩红的眼睛，强迫自己抬起头，凝视上方的金色街灯。她伸出手，抓住煤气灯的金属灯杆往上爬。她可能输掉了比赛，她可能被赶出了永泊镇，但她绝不能被追猎者抓走。绝对不行。

“待在有光的地方。”她再次轻声说道，觉得有点儿力气了，于是两只手交替着向上攀。虽然脚下打滑，但她为了活下去，拼命坚持着，用腿盘在灯杆上，一点点地往上挪。光亮越来越近，恶犬嚎叫声、枪上膛声被挡在下方。更近一点儿，离光更近一点儿，再近一点儿。手一下一下地向上抓，脚一下一下地用力蹬，朝着梯子顶端……梯子……朝着井口的光亮。爬出下水井，向上、向上、向上，爬回小巷，最终……最终……回到安全的地方。

茉莉安靠在小巷的墙壁上，一边喘着气，一边望向外面的大街。就是这里。黑暗游行的生机和色彩，一切都在这里，仿佛她从未离开过。烟与影的追猎者消失了。她的噩梦结束了。她呼了一口气，闭上了眼睛。

这些全都是惊骇选拔赛的一部分。她一下子放松下来，简直想哭。

“没有腿又怎样！”是霍桑狂乱的声音。茉莉安睁开眼睛，看见他正从下水井口里爬出来——只用上半身的力量。“回来呀，懦夫！没有腿我也可以打败你！”

“霍桑！”茉莉安叫着，冲过去帮他爬出下水井，“霍桑，那不是真的！选拔赛结束了，你的腿还在呢！”

霍桑不再扑腾了，而是重重地喘着气，眼睛左左右右地看着，好像在寻找他的对手。过了好一会儿，他才低下头看了看，突然醒过神似的拍打着自己的两条腿，一直拍到了脚指头。“我还有……我还有腿！”他叫着，开心地大笑着，一跳老高，“哈！我的腿还在！”

茉莉安也笑了：“你以为你的腿怎么了？”

“被龙咬掉了。”他笑着，可脸色还是苍白的，手还是颤抖的。他把手插进头发里：“又大又丑的家伙。”

“所以你刚才是……跟龙打仗了？”茉莉安咧嘴笑道，“没腿也打？”

霍桑正要回答，夜色暗了下来，静谧再次降临，仿佛黑暗游行的吵闹和光亮一下子都被吞掉了，仿佛就连月亮也落下去了。

黑暗中燃起了一根火柴，茉莉安和霍桑突然被蒙着面纱、笼着烛光的脸围住了——是十三女巫会的女巫们。

霍桑的指甲抠进了茉莉安的胳膊。“我以为比赛结束了。”他轻声说。

“我也是。”她小声回答道。

七个声音像一个声音似的说道："我们是十三女巫会的女巫：阿比盖尔、阿米蒂、斯特拉、纳丁、佐伊、洛萨里奥、甜蜜母亲内尔（就是那个假装掉进下水井的老太太）。你们被选中了，年轻的斯威夫特，年轻的克罗。你们将晋级参加表演选拔赛。你们面对惊骇之事时的勇气和胆略，使你们在万圣节之夜表现优秀。所以，带着我们的祝福去吧，不要慌乱，好好享用'R号煮锅'的九折券。"

女巫们递给他们每人一张魔法用品商店的代金券和一只象牙色的信封，信封里面正是最终一轮选拔赛——表演选拔赛的邀请函。比赛将于第一年冬季的第五个周六在巨人竞技场举行。

十三女巫会的女巫们吹熄了蜡烛，消失了。游行的声音和影像慢慢地恢复了，在他们四周慢慢地显现，就像有人拨动转盘切换场景一般。而惊骇选拔赛也终于……终于……结束了。

茉莉安的腿一下子软了。她做到了。她通过了前三轮选拔赛，正如朱庇特所说，如此笃定地通过了。现在，她只要相信资助人的承诺就行了：他会帮她通过表演赛，带她加入奇迹社团。

这些话在她脑海里盘桓着，轻飘飘的。

他们刚刚回来，游行就结束了，霍桑很是失望。他和茉莉安在散乱的人群里寻找芬内斯塔，可是哪儿也找不着。

"她会杀了我们的。"茉莉安抱怨道，"走吧，我们去奇迹枢纽，也许她会到那儿找我们。"

“这不是我们的错啊，不是吗？”霍桑跟上她，“我都等不及要告诉我妈那些僵尸的事儿了。她肯定要忌妒我了。”

“也不知道卡当斯是不是还留在那个院子里。”

“卡当斯是谁？”

“就是那个把我推进池塘的女孩儿，她的名字是卡当斯·布莱克本。”茉莉安躲过一只飞掠的蝙蝠，它还在为万圣节欢呼呢，“也不知道她跳没跳，可能还坐在那儿吧，像母鸡似的。”

霍桑似乎被搞迷糊了：“你在说什么啊？”

“我离开之后发生什么了？你看见她跳了吗？还是……”

“看见谁跳？”

“太搞笑了吧，霍桑！——哎呀！”一个穿着南瓜装的女人把茉莉安撞倒在地，竟然若无其事地一溜烟跑了。

“天啊，真没礼貌！”有人高高地站着说道，“你还好吗？我来帮你。”茉莉安晕晕乎乎地抬起头，看见一个穿着灰色长风衣的男人，他围着一条银色的围巾，挡住了大半个脸。他伸出戴手套的手，不过霍桑已经把茉莉安扶起来了。

“哦，是你！”那个人说着拉下围巾，露出一张熟悉的苍白面孔，茫然地笑了笑，“又见面了，克罗小姐。”

“琼斯先生！”茉莉安蹭了蹭手，掸了掸裤子，“你来永泊镇做什么？”

他眨眨眼：“见几位老朋友。他们参加游行来着，我觉得得到场支持一下啊。”

“我没在丢卡利翁见到你，你住到别处去了吗？”

琼斯先生似乎微微有些吃惊：“天哪，不是。除了丢卡利翁大饭店，我哪儿也不会去住的。我的雇主这次不会给我放长假，所以我只能待一个晚上。”

“不远万里只待一个晚上啊。看来你真是很喜欢黑暗游行。”

他笑出了声：“我想是吧。”

“那……万圣节快乐。”茉莉安说着，回头望望奇迹枢纽，以为能在人群中看见小芬毛茸茸的灰色耳朵，“我们得走了。很高兴……”

“这位是你的资助人吗？”

“啊，不是。他是我的朋友，霍桑。”

琼斯先生冲着霍桑和蔼地点了点头，眯起眼睛，好像在心里评论了一番：“你好。”

霍桑心烦意乱地瞥了他一眼：“谢谢。哦，我是说……你好。茉莉安，我们必须赶紧走了，小芬要气疯了。”

“是啊。那么，很高兴再见到你，琼斯先生。”

“等等，我还想问问你社团的选拔赛怎么样呢。”

“很好，真的！”茉莉安掩不住惊喜地说道，“我们这就是刚刚结束一场比赛——惊骇选拔赛！”

“你通过了吗？”

“通过了呀。”茉莉安咧嘴笑了。可是，她突然想起了那个奇怪的时刻：当追猎者围拢过来时，她的脑海中出现了琼斯先生的话——影子就是影子，克罗小姐。它们就想保持黑暗的模样。要是告诉他也太奇怪了吧？

“祝贺你！”琼斯先生也笑了，“三比一的录取率，你应该相当自豪了。想必你已经知道自己的心法了吧？”

茱莉安的心沉了下去，脸上的笑容也僵住了，她正要承认“还没有”……

“茱莉安，”霍桑意味深长地说，“想想痒痒粉。”

“你该走了，克罗小姐。你的朋友着急了。祝你在表演选拔赛中也有好运气。”琼斯先生扶了扶帽檐，“你们两个都是。”

令茱莉安大为惊讶的是，当他们急着解释和道歉时，芬内斯塔竟然只是毫不在意地摆了摆尾巴：“知道了，知道了，惊骇选拔赛。朱庇特说过了。”

“你早知道？”霍桑说。

“我当然早就知道，”小芬翻了个白眼，“不然你们这两个小混蛋想溜走时我怎么会装作走神呢？快点儿吧，要是错过最后一班列车，你们俩就背我回家。”

他们跟着小芬，在站台里迷宫般的闷热楼梯和隧道中穿梭，这时霍桑才终于向茱莉安发问：“那个穿灰色大衣的怪人是谁啊？”

“琼斯先生。”茱莉安解下围巾塞进口袋里，“他不是怪人，是好人。”

“他问了一百亿个问题，我以为他永远不想走了。话说，你怎么认识他的？”

“竞标日时他给了我一份实习邀请。”

霍桑突然扬起眉毛：“你有两份投标函？我收到一份就很兴奋了。”

“我收到了四份。”茉莉安脸红了，急慌慌地说，“但是有两份是假的，是恶作剧之类的。”

霍桑陷入了沉思，一直安安静静地到了他们要去的站台。三个人紧赶慢赶，跑着跳着，总算在车门关闭前赶上了末班车。

“你知道这意味着什么吗？”霍桑和茉莉安在最后两个座位上坐下了。芬内斯塔蹲在一旁，报之以标志性的怒目相向。

“什么？”茉莉安明知故问。

“你的心法肯定是特别特别好的，所以才会收到四份投标函。”

“两份。”她纠正道，坚决地盯着自己的脚，“它才不会那么好呢，我根本不知道那到底是什么。”

茉莉安知道，霍桑有一肚子的问题要问，可他还是沉默着一连坐了七站，直到出了站，沉浸在夜晚的凉爽空气里时，他才再次开口。

“那么，”他用胳膊肘碰碰茉莉安，“那个灰衣怪人是哪个学校的？”

茉莉安皱起眉头：“他不是哪个学校的。他来自一家名叫

‘斯考尔工业集团’的公司。你别那么叫他。”

“他想让你当他的学徒，这个叫琼斯的家伙？”

“不是，”茉莉安说，“是他的老板以斯拉·斯考尔想资助我。”

“以斯拉·斯考尔。”霍桑的眉毛紧拧着，“我在哪儿听过……”

“你们俩能别闲逛了吗？”芬内斯塔叫道。她都快走到前面一个街区了。他们连忙跑着往前赶。“你们在后面嘀咕什么？”她问。

“没什么。”茉莉安喘着气。而霍桑同时说道：“以斯拉·斯考尔。”

“以斯拉·斯考尔？”芬内斯塔差点儿说不出话来，“好久没听到这几个字了。你们俩怎么知道这个名字？”

“你怎么知道以斯拉·斯考尔？”茉莉安反问，“他是你的朋友？”

小芬好像被气着了。“这个问题有意思吗？不，那个尚在人世的最邪恶的家伙不是我的朋友，多谢。”

“‘尚在人世的最邪恶的家伙’？”茉莉安问，“你这是什么……”

“别再提以斯拉·斯考尔了，行吗？”芬内斯塔压低声音，警觉地四下打量。茉莉安从没见过她这么严厉，这么焦虑。“被称为奇迹锻工的朋友可一点儿都不好玩。要是被人听见……”

“奇……奇迹锻工？”茉莉安站住了，“以斯拉·斯考尔是……奇迹锻工？”

“我说了，别再提他！”小芬走向石蛾巷，留下茉莉安和霍桑目瞪口呆地站在原地。

直到他们回到茉莉安的房间，准备上床睡觉了（这次是两张吊床，并排摇晃着），一对朋友才终于再次开口。

“可能是另一个斯考尔。”

茉莉安“嗯”了一声：“就是，肯定有好多叫以斯拉·斯考尔的人。”

他们又静了几分钟，然后——

“我真是白痴，”茉莉安平静地说，“琼斯先生早就告诉过我。他说过，以斯拉·斯考尔是唯一一个还活着的、知道怎样控制奇迹能的人。就是他，对吗？他就是奇迹锻工。”

“想必是如此。”

“肯定是。我太傻了。”她坐了起来，两条腿搭在吊床外面，“为什么‘尚在人世的最邪恶的家伙’想让我当他的学徒呢？他是不是认为……”她顿了顿，咽了口唾沫，“认为我也能变得很邪恶？”

“现在你才是在犯傻呢。”霍桑也坐起来了，“你在邪恶这方面烂透了，你没有做坏事的胆量。我倒是有可能变得邪恶。我的邪恶笑声就很厉害。呜哈哈哈哈哈！”

“闭嘴。”

“呜呜哈哈哈哈哈——”他突然停住，唾沫飞溅地说，“哦，有点儿伤着我的喉咙了，真的！呜哈哈哈哈——”

“霍桑，闭嘴。”茉莉安厉声说，“你……你觉得……我会不会变成……”

“什么？恶魔？你这话是认真的，是吗？”他向前倾着身子，就着月光看着她，“不！茉莉安，你当然不是恶魔。别这么荒唐。”

“肯定跟诅咒有关，我知道的。他们是对的。”

“他们是谁？”

“所有人。我爸爸，艾薇，被诅咒儿童管理处……所有人，整个冬洋国！我受了诅咒，所以……”

“可是，你告诉我朱庇特说那个诅咒不是……”

茉莉安没听到他的话：“……所以有可能会变成恶魔。”

“你不是恶魔！”

“那为什么‘尚在人世的最邪恶的家伙’要资助我？”

霍桑咬着嘴唇，思索了好一会儿，然后平静地说：“也许朱庇特知道。”

“朱庇特。”茉莉安的心跳加快了，“你觉得我应该告诉他？”

霍桑皱起眉头：“嗯，对啊！对对，你当然应该告诉他，必须告诉他。那可是奇迹锻工！”

“可是我还没见过他啊，”茉莉安反驳道，“我只见过他的助手。你也听到钱达夫人和凯吉瑞说的了，奇迹锻工永远也不能回到永泊镇了，这座城镇不允许他回来。”

“要是他想出办法了呢？”霍桑问道。茉莉安讨厌这位朋友脸上越来越多的惊惶之色，讨厌自己该为此负责的感觉。“也许这就是琼斯先生来这儿的原因啊！这可不是闹着玩儿的，茉莉安！”

“我知道这不是闹着玩儿的！”她说着使劲儿一晃吊床，差点儿摔下来，“你没听见小芬说的吗？‘被称为奇迹锻工的朋友可一点儿都不好玩。’要是朱庇特以为我是以斯拉·斯考尔的朋友怎么办？要是他不想再当我的资助人了怎么办？而且，要是那些警察发现……”她停下来，想到了福林罗克督察，这下，他可有新的理由把她赶走了。“霍桑，如果我没能加入社团，他们就会把我赶出永泊镇。”烟与影的追猎者正等着我呢，她想，可是不敢把这句话大声说出来。

霍桑似乎被吓住了：“你真的认为他们会……你觉得朱庇特会……”

“我不知道。”茉莉安坦诚地说。朱庇特确实选了她，救了她，保护着她，哪怕她是被诅咒的小孩儿。但是，如果他知道那个“尚在人世的最邪恶的家伙”也选了她……这会不会让他最终改变主意呢？茉莉安不想去探究那个答案。

霍桑站起来，在屋子里走来走去，因为紧张而倦意全消：“我们不能任由他们把你赶出去。我不允许他们那么做。不过我们得从长计议。

“这样好不好：如果你再次见到琼斯先生，我们就把一切都告诉朱庇特。一切。如果没有再见到他，我们就等到最后一场选拔赛之后再说。那时我们就都是奇迹社团的成员了，没人能把你送走。那时我们再告诉他，怎么样？”

“好。”茉莉安觉得非常内疚，因为要对朱庇特保守这样大、这样可怕的秘密，而且还把霍桑给卷进来了。不过，听到朋友说“我们”，而不是“你”，还是让人深感安慰的。“好吧，就这么办吧。不过在那之前——”

“我不会告诉任何人的。”霍桑竖起了小指。他忧心忡忡，却很坚决。茉莉安用自己的小指钩住了他的。“我保证。”

5
平安夜之战
第一年·冬

十二月是丢卡利翁大饭店最繁忙的时节，大堂里整天整天地挤满了入住的客人。他们从自由邦的各个地方涌来，到大城镇来欢度圣诞节。

一个初冬的寒冷早上，茉莉安醒来，发现自己的家一夜之间变成了圣诞仙境。走廊里装饰着彩带和常青树枝，闪闪发亮的杉树上点缀着银色的小饰品，把大堂映得亮堂堂的。吸烟室里，白天弥漫着祖母绿色的烟雾，闻起来一股松柏香气，下午就换成了红白相间的拐杖糖甜味，夜晚则是暖融融的姜饼香。

就连那盏吊灯也十分应景。它一整年都在慢慢地生长，现在终于长足了个头儿。不过，在过去的两个月里，它每隔几天就要换个形状，好像丢卡利翁还没决定要它长成什么样似的。这个月，到目前为止，吊灯就曾变出过亮晶晶的白色北极熊形状、巨大的绿色冬青花环形状、闪光的蓝色圆球，现在则是闪着光的金色雪橇。

在豺镇的时候，圣诞节只是意味着往一棵不大不小的树上挂上几串奇怪的彩灯（如果奶奶有兴致过节的话，不过通常都没有）。柯维斯偶尔会带上茉莉安一起去参加一年一度的总理公署圣诞晚会，她也只是充当那些无聊政客和他们的无聊家人的八卦话题罢了。

但永泊镇的圣诞节会整整庆祝一个月，每晚都有节日派对和主题晚宴可以参加。遍布整个城镇的奇迹枢纽的各个站台上，都有唱诗班和铜管乐队表演圣诞颂歌。鸠罗河完全封冻了，变成了贯通全镇、畅行无阻的溜冰公路。很多人都开始溜冰上学或上班。

和气友善是这个季节普遍的情绪，不过这也激发了朋友间、邻居间的竞争，大家都想显露出更浓的“圣诞味儿”。几乎所有社区的房子都点着灯，一个比一个亮，每一条街道都极尽华丽、奢费，不吝于奇迹能，照得方圆一英里之内流光溢彩、熠熠生辉。这真是太花哨、太荒谬了，可茉莉安就喜欢这样。

不过，最激烈的竞争，发生在永泊镇领衔所有节庆的两位公众名流之间。

“我不明白，”一天下午，茉莉安和霍桑坐在一起，往渔线上挂爆米花和小野莓，“他怎么能一夜之间跑遍所有地方呢？那不可能啊。”

霍桑邀请她来，是参观“如何进行传统的圣诞树布置”的。外面，十二月的天气寒冷潮湿，斯威夫特家的客厅里却飘着热巧克力的香气，收音机里播放着圣诞颂歌，柴火炉上放着满满一锅玉米粒，正欢快地爆响。

“不是不可能。——哎哟！”霍桑的手指被针扎到了，他一边吸了吸血，一边说，“因为那是奇迹能嘛。”

“可是，是真的吗？有会飞的雪橇？由鹿拉着？”

“驯鹿。”霍桑纠正道。

“抱歉，驯鹿。它们怎么会飞呢？又没有翅膀。他给它们施了魔法？”

“不知道。你干吗这么在意这个？”

茉莉安搓了搓脸，想试着简洁明了地说出整件事的奇怪之处。“因为它……反常。这就是原因。对了，驯鹿那个发光的红鼻头儿又是怎么回事？怎么弄成那样的？”她做好了第四只花环，伸手去拿渔线圈，开始做下一个。“是因为做了实验吗？真怪啊。”

“我想那可能是天生的吧。”

“那‘圣诞夫人’呢？我从来没听说过她。至少在所有饮料和巧克力的广告上就只有圣诞老人自己啊。”

霍桑往嘴里丢了一颗爆米花。他刚做好花环，现在就开始搞破坏了，一次一大口。“我爸认为，人们的确低估了圣诞夫人，因为圣诞节的演出啊什么的里面都没有她。可是，要是没有雪，圣诞节就没意思了，而雪又是从哪儿来的呢？它们可不是自己从天空里飘下来的。”

“你是说，雪是圣诞夫人造的？”

“当然不是了，别闹。”霍桑好像在对一个傻子解释似的，“雪是雪猎犬造的。但是如果圣诞夫人没有让它造雪，它就不会费那个功夫了。”

茉莉安彻底糊涂了。“所以，这两个人……圣诞老人和圣诞夫人，必须得互相厮杀？”

“什么？不是啊。你也太丧气了。”他大笑着说，“他们只是在平安夜争斗，看看谁更有圣诞气氛。如果圣诞夫人赢了，她就会在圣诞节的早上降下瑞雪，赐福每一户人家。”

“那如果圣诞老人赢了呢？”

“就会把礼物塞满所有的短袜，点燃所有的壁炉。你最好选一边。我们家是‘圣诞老人派’，只有我爸偷偷地喜欢圣诞夫人。隔壁的坎贝尔一家是圣诞夫人的拥趸，看看那些绿色就知道了。”他指了指窗外：旁边一户的房子装点着绿色的树枝、弯曲的常春藤，还有闪烁的绿色彩灯。

“绿色代表什么？”

“圣诞夫人的支持者用绿色，圣诞老人的支持者用红色。”他从家里的装饰盒里拉出了什么东西，丢给了茉莉安。

“这是干吗用的？”茉莉安笨拙地接住了。

“这样就可以支持圣诞老人了，像我一样。”霍桑耸耸肩说，“礼物和火——谁会不喜欢呢？”

那是一条红色的丝带。茉莉安把它塞进口袋里：“我得考虑考虑。”

“你支持谁呀？”当天晚餐时，茉莉安问朱庇特，“圣诞老人，还是圣诞夫人？”

“圣诞夫人。”杰克从盘子里舀了一勺土豆泥说道，“这是明摆着的。”

茉莉安不高兴地说：“我又没问你。”

几天前，杰克从学校回到丢卡利翁大饭店过圣诞节，从那时起就一直无所不用其极地找茉莉安的麻烦。

“对，你是问小朱叔叔。但你竟然没看出他是‘圣诞夫人派’，可见有多么愚蠢。你该不会是个傻子吧？”

“小心用词，杰克。”朱庇特瞥了他一眼警告道。

“为什么？”茉莉安反唇相讥，“他又没穿戴着绿色。这一星期他都没穿绿色衣服。你是不是两只眼都瞎了？”

“没礼貌了，小茉。”朱庇特话音里的失望和惊讶刺痛了茉莉安。她的心里涌起了内疚，张了张嘴想要跟杰克道歉，可话还没出口，他就将这场唇枪舌剑升级了，显然根本没在意茉莉安的刻薄。

“当然不能叫人看见他穿着绿色衣服了，”杰克说，“重要的公众人物得在圣诞节这件事上保持中立，这只是有教养罢了。但是如果你长点儿脑子就会知道，小朱叔叔和我都更喜欢优雅灵巧，而不是炫耀奢华的消费主义。圣诞老人只不过是善于宣传的资本主义大肥猫，圣诞夫人才是真正有品位的。”

茉莉安根本听不懂他在说什么，可就是这一刻，她知道要支持谁了。她从口袋里掏出那条红丝带，紧紧地系在了自己的马尾辫上，然后挑衅地看着杰克。

“这是要吓唬我吗？”杰克大笑起来，“你是要在晚餐桌上给我下战书吗？明早用甜点勺对打？”

“行了，你们两个……”

茉莉安很想把甜点勺扔到杰克那讨人厌的脸上。“既然圣诞夫人这么好，那关于她的圣诞剧都在哪儿？广告上为什么也没有她？冬青牌太妃糖，布林克利医生的假日特饮，还有特里斯坦·勒菲弗冬日专供的羊绒短袜上面都有圣诞老人标志。我从没在哪个广告牌上见过圣诞夫人，就算一头撞到她本人也不认得。”

朱庇特瘫在椅子里：“为什么我们不能就这么算了呢？”

“那是因为圣诞夫人诚实正直。”杰克没理他叔叔，用叉子指着茉莉安说，“而这正是你那超重的朋友和他那会飞的破口袋哪怕摔下来也不会懂的。”

“圣诞老人代表着慷慨、博爱和……愉悦！”

“这是收音机里的话，你在鹦鹉学舌罢了。”杰克咕哝着（差不多就是这样，她是在一张早餐甜麦片的报纸广告上读到这句话的），“我猜你现在要说的是他那恶心人的人造荧光实验吧，就为了让他的驯鹿看起来像是有魔力的。”

茉莉安一拍桌子：“那些驯鹿就是有魔力的！那只红鼻头儿的也是！”她丁零咣啷地推开盘子，冲出了餐厅，一边跑一边回头叫道：“而且那是它天生的！”

茉莉安跑上走廊，她听见朱庇特叹了口气：“真是的，杰克，你和茉莉安干吗总是针锋相对呢？我讨厌当和事佬，这让我觉得自己像个成年人。”最后一个词听起来相当苦涩似的，“你们俩就不能做朋友吗？”

“朋……朋友？”杰克好像被晚餐噎住了，茉莉安想象着那个画面，心里舒坦了一点儿，“跟那个家伙？就算你付钱我也不干。”

朱庇特的声音变得非常平静：“她背井离乡，杰克。你应该知道那种感觉吧。”

茉莉安皱起眉头。杰克是从哪儿来的？她想，他的父母在哪儿？她根本没想过要问问这些……不过，杰克肯定不喜欢被人追问。

“但她就是让人恼火啊，小朱叔叔。而且我也不明白，你怎么就觉得她能加入奇迹社团呢？真的，我是说，她都没有……”

茉莉安不想再听下去了。她捂住耳朵，沿着走廊跑了出去，沿着螺旋楼梯向上，一直跑回了她的卧室，倒在床上（这星期是带有四根帐杆的大床，外层包着银丝编的花环），把脑袋挤进了枕头下面。

夜里，茉莉安惊醒了。她又梦见了表演选拔赛。这次，她站在长老们面前，准备唱一首歌，可嘴巴里发出来的只有嘎嘎的鹦鹉叫声。观众们往她身上扔土豆泥。

她醒着躺在那儿，听着丢卡利翁大饭店里的种种声音。她能听见楼上传来的弗兰克的轻微鼾声，对面走廊传来的芬内斯塔回应般的喘气声，还有楼下管道传来的吱吱嘎嘎的声音。壁炉里燃着火，一定是玛莎在茉莉安睡着以后点着的。

她竟然如此依赖这些事物，竟然已经如此习以为常，这反而让她吃惊。当她想象着自己在几周后的表演选拔赛中失利，不得不离开永泊镇时，她的胸口竟会隐隐作痛。这真让她吃惊。

但是，比丢脸更糟的，比离开丢卡利翁大饭店更糟的，是正在豺镇等待她的东西。烟与影的追猎者是不是还在那儿等待着时机？如果家人知道她还活着，会欢迎她回家吗？如果追猎者前来夺命，他们会不会保护她？

门厅那儿有动静，茉莉安从重重思绪中回过神来。好像是有人在台阶那里绊倒发出的碰撞声，液体泼洒的声音，还有轻声的咒骂。她掀开毯子，踮着脚打开了房门。

在走廊里昏暗的灯光下，茉莉安看见地上有一只空杯子，还有一摊洒出来的牛奶，杰克正跪在那儿，徒劳地想用睡衣把牛奶擦干净。茉莉安一语不发地从自己的浴室里拿出一条毛巾递了过去，然后也跪下来帮忙。

“不要紧，”他嘟哝着，“我自己来吧。你的毛巾要弄脏了。”

“你的衣服要弄脏了。”她回敬道，挡开了他的手。他只好直起身子让她擦。

“这个，”她一擦完就小声说道，“可以送到洗衣房去。干吗？你在看什么？”

杰克脸上的表情是那样熟悉。她一辈子都是这样被人看的——在豺镇的时候。恐惧，不信任，还混合着迟疑的好奇，以及些微无助的惊惶。然而，在他脸上，这并不是最令人不安的东西。

“你的眼睛没有毛病！”她忘了要压低声音，立刻嚷嚷着站了起来。杰克也站了起来，差点儿摔倒，一点儿也不优雅。他还是瞪着她，半张着嘴。他那只黑色的眼罩不见了，两只大大的棕色眼睛凝视着茉莉安。“你这个骗子，你根本不是半瞎。你为什么一直装样子？朱庇特知道吗？”

杰克一言不发。

“别看了，杰克。回答我！”

突然，楼梯上传来一阵脚步声，朱庇特出现了，脸上睡得都是印子。“怎么闹哄哄的？客人都要……”他看见了杰克，而杰克仍然在盯着茉莉安看。“杰克？”他轻声说。

“你早就知道了是吗？”茉莉安问，“你知道他根本不需要眼罩是吗？”

朱庇特没有回答她，而是轻轻晃了晃侄子的肩膀。杰克这才如梦方醒一般，颤抖着指着茉莉安，而朱庇特按住了他的手。

“喝杯茶吧，过来。”他领着杰克往楼下走，“小茉，回去睡觉。”

茉莉安张大了嘴巴：“我？为什么我得回去睡觉？他才是装

瞎的人呢！”

朱庇特剧烈地喘着气，脸色一下子变得严肃起来。“茉莉安！”他声音沙哑地说，“回去睡觉。我不想再听到这件事了，明白吗？一个字也不要再提了。”

茉莉安颤抖了一下。朱庇特从来没有这样严厉地对她讲过话。她很想继续争辩，想听听他会怎么解释杰克的行为，但一看资助人阴沉的脸色，她就把话咽了回去。

杰克走下楼梯，半路上回过头来看了看。他的眼睛里盛着满满的困惑。

你和我都一样，茉莉安伤感地想着，关上了房间的门。她把沾了牛奶的毛巾泡在浴缸里，爬回了床上。

平安夜当天，天气晴朗而寒冷，空气中弥漫着兴奋的气息。丢卡利翁大饭店精神抖擞，简直都要摇晃起来了，因为客人们和员工们个个兴致高昂，为在老镇区中央的勇气广场上举办的平安夜之战做着准备。

“圣诞快乐，凯吉瑞。”茉莉安经过服务台，按了两下铃。

“圣诞快乐，克罗小姐。开心地过节吧！”

大堂里闹哄哄、暖融融的。客人们一边喝着朗姆酒和蛋酒，一边等着朱庇特下令出发。

“只有一条丝带呀，茉莉安小姐？”钱达·卡莉问道。钱达夫人的头发盘成发髻，箍着绿色的发圈，戴着摇晃的绿宝石耳环和绿宝石短项链，披着与之相称的深绿色天鹅绒斗篷。她咬着嘴唇，将茉莉安的黑裙子、黑外套、黑色系带靴子打量了一番。“我有一顶漂亮的红帽子，应该适合你戴。或者，红宝石项链怎么样？我有十二条呢，你可以挑一条戴！”

“不用了，谢谢你，钱达夫人。”茉莉安说道。她觉得丝带就够有节日气氛的了。

她一直都很希望霍桑也能去看看这场较量。不过斯威夫特一家到高原地区去过圣诞节，霍桑前一天就离开了永泊镇。他再次答应保守那个关于以斯拉·斯考尔的秘密，茉莉安也发誓要把这个让人忧心的秘密暂时抛诸脑后，先好好地过节。可即便如此，她还是会默默地希望，千万不要在表演选拔赛之前再碰见琼斯先生。

茉莉安站在楼梯上往下看，从这个有利地形看去，她不得不承认他们的打扮确实相当富有节日气氛。吸血鬼侏儒弗兰克把指甲涂成了红色，好跟他的红色披风相称，凯吉瑞的衣服底层衬着夹金丝的红格呢子。玛莎则表示出了对圣诞夫人的支持，穿了一身绿色的外套，戴着配套的绿色围巾。司机查理穿着豌豆绿色的花呢夹克，戴着司机帽——今晚他也放假了。

钟声响了，朱庇特催促着所有人走出前门，来到了前院，一队漂亮的马车正等在那里，准备把大家送往大庆现场。茉莉安走过去时，他冲她眨了眨眼睛，还友善地用胳膊肘戳了戳她。自从杰克那件事之后，三天过去了，朱庇特一直没提起过。茉莉安跟着他走，还是很想问问杰克的眼罩到底是怎么回事。

今晚不要。她不想毁了平安夜。

茉莉安原以为勇气广场上是一片红绿混合的汹涌海洋，而实际上，红色和绿色是区分开的，“圣诞老人派”和“圣诞夫人派”各自聚集在不同的区域，叫喊着口号，试图在唱歌的音量上压倒对方。红色阵营唱着《快乐老胖胖颂歌》《愿你收到圣诞小礼》，旁边的绿色阵营则唱起了《圣诞夫人赞美诗》《绿色是欢愉之色》。朱庇特在两个阵营之间找了个位置，这样茉莉安就能站在红色一边，杰克可以站在绿色一边，他自己则站在中间，免得双方真的大打出手。

“你看起来像棵花椰菜。”茉莉安对杰克做了个鬼脸。他戴着一顶精心制作的绿色帽子，帽子高出了他的头顶，犹如一朵人造的绿色爆炸云。为了更明确，她加上一句：“很蠢的花椰菜。”

“至少我对于圣诞夫人的支持是正大光明的。”杰克说着，整理了一下眼罩——已经又遮住了他的左眼。茉莉安得咬住舌头才把问题咽回去：既然两只眼睛功能正常，干吗非得戴眼罩呢？自从走廊里那件事发生之后，她就没怎么见到他。很难说是杰克避开了她，还是朱庇特故意把他俩分开了。“我注意到，你只戴了一条可怜的小丝带。支持闯入民宅的病态胖子和精灵的奴隶让你觉得很尴尬是吗？”

“唯一让我尴尬的是被人看见和这顶讨厌的帽子站在一起。”

“叮叮叮！”朱庇特打了个“暂停”的手势，“拜托，看在爱的分儿上——哦！开始了！”

广场上一片肃静，人们纷纷望向北方的天空，一个模模糊糊的身影正从黑暗中显露出来。茉莉安屏住呼吸，兴奋感渐渐涌上心头。红色阵营爆发出一阵欢呼。圣诞老人驶向勇气广场，他那九头飞翔的驯鹿以令人难忘的姿态绕着圈子，最后在广场中央的高台上降落。一对小精灵从雪橇上跳下来，冲着人群起劲儿地挥手。他们像推销员似的鼓动起一阵胜似一阵的欢庆的叫喊声，迎接那长着白胡子的胖老头儿从蒙着红丝绒的桃花心木雪橇里出来。

茉莉安咧开嘴笑了。她很高兴，自己支持“圣诞老人派”是选对了。那神奇的驯鹿跺着蹄子，前后摇晃着大大的鹿角，鼻孔里喷出一阵阵白雾。小精灵上跳下跳，人们呼喊着表达着自己的支持，而圣诞老人则挥着手，随意地指出人群里的几个人，好像突然碰到了老朋友似的。有一个被选中的男人真的晕过去了。茉莉安觉得，圣诞老人就像个摇滚巨星。

她扬扬自得地转向杰克，但杰克只是耸了耸肩。

“等着瞧吧。”他冷笑着，望向广场的南方。

茉莉安确实没等多久。仅仅几秒钟之后，人海就仿佛被咒语镇住了一般，远处看似覆盖着冰霜的小山，其实正是十英尺高的雪猎犬。一个美丽的女人骄傲地站在它背上，眺望着寂静一片的广场。

茉莉安不得不强忍住惊呼：呜啊！原来是真的，杰克说的关于圣诞夫人的一切，都是真的。她是茉莉安见过的最最优雅的女人，确实很有品位。

圣诞夫人精致的浅绿色袍子在她身后轻巧拂动，犹如水下的丝绸；她的头发柔软亮泽，一直垂到了腰部，和那只猎犬华丽的皮毛一样，都是新雪的颜色；她的嘴唇苍白而没有血色，微笑却光彩夺目；她皓齿微露，眼波流转，就像一盏明灯，霎时把四周的一切衬得如同阴影。当她终于向高台飘去时，勇气广场上的人山人海齐齐地发出了愉悦的一叹。

茉莉安用不着看杰克都能感觉到他那副自命不凡的样子。

圣诞夫人踏上高台，对圣诞老人点了点头，圣诞老人也向她鞠了一躬。有那么一会儿，什么都没发生，圣诞夫人只是仰起脸面向天空，一动不动。

一开始很细微，只是遥远的叮叮当当的声音，就像风铃或玻璃碰撞。茉莉安惊奇不已地看着每一颗在永泊镇上方闪烁的星星都变得更亮了，而且还不可思议地移动着变了形状，变成了数不清的银色铃铛，反射着辉映城市的灯光。空中传来复杂的钟乐旋律。茉莉安屏住呼吸，着迷地望着那些星星铃铛，直到每一个铃铛在响过最后一声之后又变回了星星的模样。

这非凡的表演让人们充满敬畏，一阵肃穆。三秒钟后，广场上的绿色阵营爆发出了热烈的掌声，就连红色阵营中的不少人也忍不住拍起了巴掌。茉莉安也很想大声欢呼，因为圣诞夫人的魔法实在是太令人惊喜愉悦了。可她不愿意让杰克得逞，所以只是安静地站着。

圣诞老人搓了搓手，转动着身子，在勇气广场上搜寻着什么，随意地指来指去。所有人的目光又都集中到了他身上。茉莉安还以为他又来摇滚巨星那一套，可观众们却开始高声尖叫，东倒西歪。他指到的每个地方，都有一棵巨大的冷杉拔地而起。大树把人们往外推，越长越高——六英尺，十二英尺，二十英尺，四十英尺——直到十几棵六十英尺高的常青大树挺立在广场上。

茉莉安笑着开始鼓掌，但圣诞老人的表演还没结束。他那短粗的手指一弹，红色、金色的闪亮圆球就从枝丫中冒了出来，成千上万的彩灯在针叶间闪烁着。红色的支持者们简直要陷入癫狂了。

杰克无动于衷。他的目光仍然牢牢追着圣诞夫人，等待着她做出回应。

圣诞夫人望着圣诞老人的杰作，诚挚地笑着，而后一一指向那些圣诞树。数十只雪白的鸽子从枝叶间应声而出，飞到一起，刹那间只见翅膀挥舞，恍若流云。它们飞翔着组成了一个个神奇的形状，先是雪花，然后是星星，再然后是铃铛、圣诞树……最后是V形的和平符号。鸽子们飞向遥远的天际，地上则是欢呼声掌声雷动。

圣诞老人打了个手势，那两个小精灵便跳上了雪橇。雪橇上竖起两门长长的吓人的大炮，对准了人群。茉莉安瞥了一眼朱庇特，想知道这是不是合法的，但他不为所动——就算有的话，他也只是显出了一点儿不耐烦。

“他去年也是这么干的吗？”朱庇特用胳膊肘戳了戳他的侄子。

杰克嗤之以鼻：“意料之中罢了。不就是为了取悦那些贪婪的大众吗！”

“嘘！”茉莉安一戳杰克的肚子，她只想不受打扰地好好观看一番。也许他们之前已经见过这场面了，但她可一秒钟也不想错过。

随着巨大的一声，“砰”，大炮开火了，它响了一声又一声，精灵们一次又一次地将彩色铝箔包着的糖果轰向整个勇气广场。孩子和大人们在地上争抢，或者跳到半空中抓抢，很快，大家嘴里都塞满了太妃糖，高声地叫着好——茉莉安也在其中。

圣诞夫人转向了雪猎犬。雪猎犬像帝王般地踏上了高台，它昂着头，明亮的蓝眼睛凝视着自己的主人。圣诞夫人开始抚摸抓挠雪猎犬的耳朵背面，猎犬立刻抬起头，冲着月亮吠叫起来。这悠长、神秘的嚎叫声很快就引得整个永泊镇里的狗全都一齐叫了起来，犹如群狼神奇的长嚎。茉莉安突然觉得有什么东西落在了自己的头发上。

“雪。”她轻声道。

细小、冰凉的白色薄片在空中飞舞着，打着旋儿，轻轻地落在她的鼻子上、肩膀上、摊开的手掌上。茉莉安从来没有见过真正的雪。她觉得幸福渐渐地充满了胸膛，就像空气充满气球一样。她抓住朱庇特的外套，因为这幸福的愉悦让她自觉变得轻飘飘的，好像要飘走一般。

有好一会儿，观众们陷入了静谧之中，唯有轻轻的赞叹和低语。随后，广场上又爆发出欢呼声和掌声，红绿两个阵营一起欢笑叫闹起来，忘记了彼此之间的对抗。

圣诞老人也鼓起掌来，笑着伸出舌头，舔了舔雪花，惹得圣诞夫人不禁莞尔。

“该压轴节目了。”朱庇特说，“把蜡烛拿出来，你们俩。”

茉莉安和杰克各自翻着外套口袋，把朱庇特之前给他们的白色蜡烛拿了出来。茉莉安学着杰克的样子，高高擎起蜡烛。四周传来兴奋的低语，整个广场上的人都在做着相同的动作。

接下来会发生什么，大家似乎都心知肚明。小孩子们咯咯笑着，互相打闹，看着圣诞老人夸张地捋着胡子，仿佛不知道该做些什么似的。

突然，他有主意了：他拍了拍手，冲着人群伸出了胳膊。他挥舞着胳膊，一圈又一圈的蜡烛点燃了，一支接着一支。他的胳膊挥动得越来越快，一丛丛火焰次第亮起，直到整个勇气广场上都充满了笑声和金色的烛光。

圣诞老人和圣诞夫人像老朋友般紧紧拥抱，互相亲吻着对方的脸颊。驯鹿们聚在雪猎犬四周，在它身上蹭着脖子，而猎犬也玩闹着轻轻咬住它们的角，舔着它们的脸。小精灵们则抱住了圣诞夫人的腿。

红绿两个阵营融在了一起，“圣诞老人派”和“圣诞夫人派”互换着彼此的信物——猩红色的手套换来一条鼠尾草叶围巾，一朵紫红色的花换来一顶翡翠色的无檐帽——直到所有人都无法被分辨出支持哪一方。玛莎跪下来，把她的围巾送给了弗兰克，后者则把一条长长的金丝长巾绕在了她的肩上。钱达夫人系上了凯吉瑞的格子领结，凯吉瑞却脸红了，因为钱达夫人把绿宝石项链戴在了他的脖子上。

杰克把他那可笑的帽子摘下来，递给了茱莉安。他耸耸肩说：“我觉得蜡烛很漂亮。”

“是啊，”茱莉安赞同道，“但是雪更美。”她从头发上扯下红丝带，在他的手腕上系了个蝴蝶结。杰克低头看了看，咧开嘴笑了。“等等，”茱莉安说，“结果是谁打败了谁呢？”

“被打败的人就是‘谁’。所有人打败了所有人。”朱庇特说着，领他们走出广场，“像每一年一样，他们就此宣布停战，然后开始忙正事——送礼物，降瑞雪，遍及整个自由邦。工作是最好的和解。要不要腌李子？”他跑到前面的零食摊，用棕色的纸袋装了二十多颗腌李子。

“那么，没有人赢？”茱莉安觉得自己好像被愚弄了。

“你是在开玩笑吧。礼物和雪都有了。”杰克说。他大笑着往朱庇特背上扔了一个雪球：“所有人都赢了。”

三个人决定走路回家，便让马车先走了。他们不停地互相投掷雪球，直到弄得全身都湿漉漉的，筋疲力尽再也闹不动。朱庇特把茉莉安扛在背上，杰克开心地在冰上溜来溜去，就这样，他们又花了四十分钟才回到丢卡利翁大饭店。他们吃光了一整袋的酸甜腌李子，手指头冻僵了，嘴唇也变成紫色的了。

“你说圣诞老人是不是已经到了？”茉莉安一边问杰克，一边摇摇晃晃地往楼上走，还舔了舔粘在嘴角的紫色糖渍。

“不，只有你睡着了之后他才会来。因为他很忙，没空闲聊。所以快点儿上床睡觉。”他把她往走廊上一推，笑了笑说，“晚安。”

“晚安，花椰头。”

杰克大笑着回了自己的房间。

# 6
# 还算快乐的假期

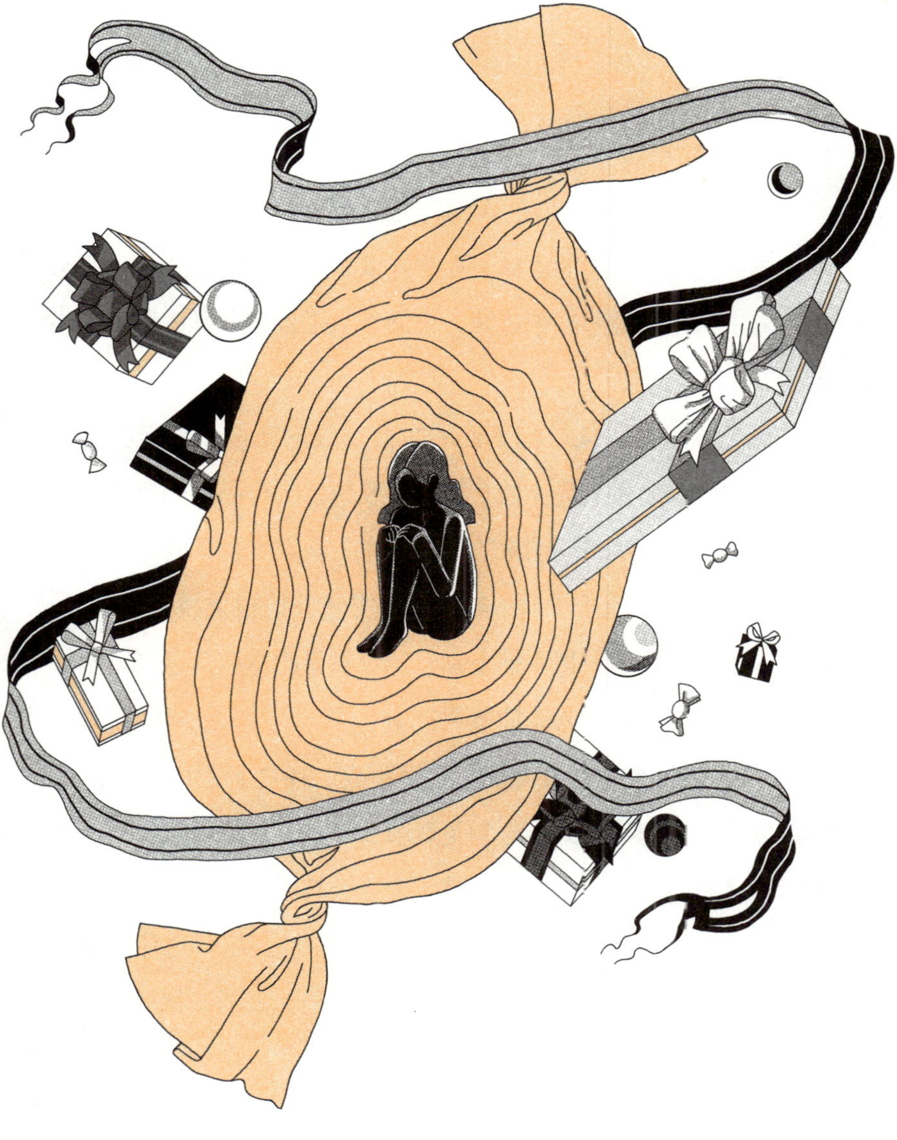

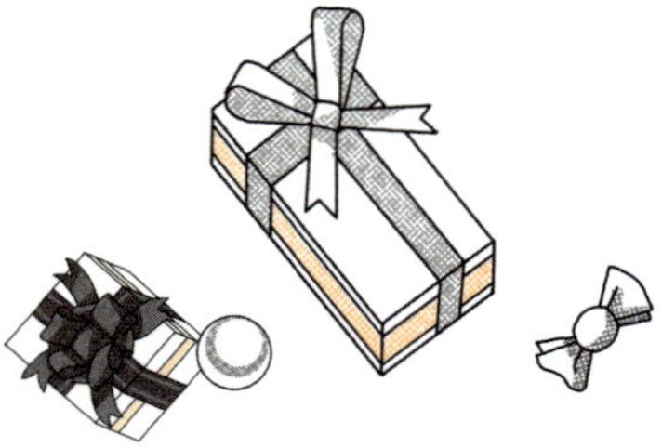

圣诞节的早晨，茉莉安一醒来就闻见一股肉桂、柑橘和燃烧的木头混合在一起的香味。火焰在壁炉里欢快地跳跃着，床头上挂着一只圆鼓鼓的红色短袜，里面塞满了各种各样棒极了的小玩意儿。

她把袜子摘下来，把里面的东西一股脑儿地倒在自己的腿上。这“宝藏”里有巧克力、柑橘、姜饼、一个晶莹剔透的粉色石榴、一条带有小狐狸图案的针织围巾、一双红色手套、一颗金色和紫色相间的腌李子、一本布面小书《芬尼根仙境故事》、一副银底纸牌，还有一把手柄上画着芭蕾舞者的木梳。这些，全部都是给她的！圣诞老人真慷慨啊！

茉莉安戴上了那双柔软的羊毛手套，捧住自己的脸，回忆起过去那些不怎么令人开心的圣诞节。克罗家从来就对礼物没什么热情。有一次，那是很久以前了，她鼓起勇气问爸爸，能不能在圣诞节有个惊喜。没想到，爸爸竟然说“可以”，这让她很高兴。在一整个星期的期待之后，圣诞节一早，茉莉安就从床上跳起来，兴奋地想要看看昨夜的礼物。她在床尾找到一个信封，里面装着一份账单明细，上面记录了爸爸支付给被诅咒儿童管理处用于各项修缮的每一分钱——全都是因为她。

至少，他没撒谎。这真的是个“惊喜”。

茉莉安用牙齿把金币巧克力外面的金箔纸咬开，这时，房间的门被撞开了，杰克风风火火地闯了进来，一只手里拿着一张纸条，另一只手里拿着他的礼物袜。

“圣诞快乐！”茉莉安说道。她差点儿就要加上一句：“出去，敲门！”不过圣诞节带给她的快乐已经让她不那么在意这些了。

“圣诞快乐！”杰克在她的床上一屁股坐了下来，把纸条递给她，然后舒舒服服地倒出袜子里的礼物。他从中挑了一块小狗形状的姜饼，一口咬掉了它的“脑袋”。“但也不是完全快乐，因为小朱叔叔又被叫走了。”

“在圣诞节的早上？”茉莉安看了看纸条，只见上面写着：

> 玛维有紧急公务。我会赶回来吃午餐。
>
> 请替我带小茉去玩雪橇。
>
> 朱庇特

“‘玛维’是什么？”

杰克咽下一大口姜饼：“中部的一个地名。可能又有哪个探险者错过了回家的限时关卡。他常常在圣诞节当天被喊去给那些笨蛋帮忙。呃，这个……给你。”他从自己的礼物里选了一个看起来很可口的石榴递给茉莉安，茉莉安则回赠了他几个小橘子。

“你不用带我去玩雪橇，”茉莉安又咬了一口巧克力，耸耸肩说，“我也没有雪橇。”

“那你觉得那个是什么？一匹马？”杰克冲着壁炉努努嘴。

茉莉安瞥了一眼床尾，看见一副绿色的雪橇，上面绑着金色的缎带，小卡片上写着：圣诞快乐，小茉。

“哇哦！”她深吸了一口气，觉得受宠若惊：她这辈子都没收到过这么多礼物。

“我的是红色的，”杰克翻了个白眼，“他可真够搞笑的。”

午餐过了，晚餐过了，朱庇特还没回来，而是差人送来了道歉的口信。茉莉安本该为他的缺席感到失望，但在这个最棒的圣诞节里，她真是太忙了。

这一天雪花飘飘，积雪皑皑，都是圣诞夫人的恩赐。茉莉安和杰克一上午都在盖勃利山附近玩雪橇，滑呀滑呀，还跟邻居家的孩子们来了一场史诗级雪球大战。

正午时分，他们步履沉重地回到丢卡利翁大饭店，刚好赶上餐厅开餐。长桌被各种美食压得吱呀直响，上面摆满了油亮的火腿，烟熏野鸡和烧鹅，一盘盘加了培根和栗子的球芽甘蓝，金灿灿的烤土豆和蜜汁胡萝卜，浇着浓稠肉汁、裹有酥脆奶酪的辫子面包，还有冰镇的螯爪红亮的螃蟹和白花花的牡蛎。

茉莉安和杰克想每一样都尝一点儿（牡蛎可能就算了吧），但才吃了一半就放弃了，跑到吸烟室里（喷的是薄荷烟雾，有助消化）躺下，嚷嚷着再多一口也吃不下，否则就要撑死了。然而，十五分钟后，杰克还是尽职尽责地硬是吞下了一满盘蛋糕和两块肉饼，茉莉安则干掉了一块夹着奶油和野莓的酥皮蛋糕。

杰克第三次跑回餐厅去拿吃的，茉莉安躺在转角沙发里，舒服地享受着绿色的薄荷香雾。这时，她听见有人走进了吸烟室。

"不是我不信任他，"一个男人说道，"他肯定知道自己在干什么。那个小伙子可是个天才。"

茉莉安迷迷糊糊地睁开眼睛。墙壁上喷出的浓厚烟雾让她只能大致辨认出两个身影：优雅的钱达夫人，身着红绿两色的飘逸丝绸服装；精神矍铄、头发花白的凯吉瑞·伯恩斯，穿着苏格兰短裙。

"很聪明，很会为自己打算。"钱达夫人赞同道，"但人非圣贤，孰能无过，瑞瑞，他也只是个普通人啊。"

茉莉安不知道是不是应该让他们知道，这儿还有别人。她正要清清嗓子，就听到凯吉瑞说："为什么是茉莉安呢？那么多候选人可以选择，为什么偏偏是她？她的心法是什么啊？"

"她是个可爱的姑娘……"

"当然，当然，是个小大人儿，非常好的姑娘。可朱庇特怎么会认为她是可以加入奇迹社团的料呢？”

“嘿，你还不了解朱庇特吗，”钱达夫人说，“他就是喜欢挑战别人没做过的事。他是第一个登上无稽山的人，你记得吧。他还闯进了洞穴巨人的地盘，探险家联盟里根本没有第二个人敢踏足那里呢。”

门房笑了起来：“是呀，看看这个地方，原来不过是一片废墟罢了。他发现之后只是利用业余时间打理打理，就把这儿变成了永泊镇最了不起的大饭店。”他的声音里透出一丝隐忧，“但你总不能拿一个孩子当业余爱好啊。”

“是啊，”钱达夫人说，“就算他输掉了丢卡利翁，也不会怎么样。你又伤不到一座饭店。”

说到这儿，他们停住了。茉莉安屏住呼吸，一动也不敢动，还以为他们透过薄荷烟雾发现她了。

过了一会儿，凯吉瑞叹了口气，接着说道：“我知道我们不该多管闲事，钱达，但我真为那个小家伙担心啊。恐怕他会带给她巨大的失望。”

“比那个更糟，”钱达夫人的声音里含着不祥的意味，“如果警察发现她是非法移民，想想看朱庇特会有多大麻烦吧。这可是叛国罪，会被关进监狱的，凯吉瑞。他的声望，他的前途……就全都完了。而且还不止如此，还有……”

“还有丢卡利翁，”凯吉瑞沉重地说道，“一不小心他就会失去这座饭店的。那时候我们该去哪儿呢？”

午夜时分，茉莉安仍在丢卡利翁大饭店的走廊里徘徊。对此她丝毫不觉得讶异，因为她实在想驱散胃里的疼痛和噩梦的纠缠。

已经半夜了，她发现朱庇特书房的门还开着。她偷偷往里瞥了一眼，只见朱庇特坐在皮质扶手椅上烤火，身旁的桌子上放着一把正冒着热气的银茶壶，还有两只画着花纹的小玻璃杯。他头也不抬地说："进来吧，小茉。"

朱庇特把茶——薄荷茶，里面漂着绿色的叶片——倒进茉莉安的杯子里，还加了一块方糖。她在对面的椅子上坐下来时，他飞快地抬眼看了看她。茉莉安觉得他似乎很疲惫。

"又做噩梦了，"这不是个问句，"你还在担心表演选拔赛。"

茉莉安喝着茶，没说话。她现在已经习惯了——他总能知道她在想什么。

她确实又梦见了波澜壮阔的……失败。不过这次，还不只是观众们的嘲笑和嘘声，梦境延伸到了巨人竞技场：邪恶的巨人扛着棒子鱼贯而入，把茉莉安打死了，终结了她的痛苦。

"选拔赛在下周六举行。"茉莉安意有所指地说道。她希望这样能促使他以实情相告：她该怎么做？该怎么表演？

朱庇特叹了口气："别再忧心忡忡了。"

"你一直这么说。"

"一切都会搞定的。"

"你也一直说这句。"

“因为是真的嘛。”

“可我根本就没有天赋！”她说着，不小心把茶洒在了自己的睡衣上，“如果根本不能加入奇迹社团的话，我干吗要参加这些比赛呢？我既不会骑龙，也不会……不会……像天使那样唱歌。我什么都不会。”茉莉安发现，一旦开始把内心的忧虑大声说出来，就停不下来了：“如果警察发现我是非法移民怎么办？他们会把我赶出去，会把你关进监狱的。他们还会夺走丢卡利翁。你……你的声望，你的前途……”茉莉安的声音哽住了，“你不能为了我拿所有的这一切冒险！员工们怎么办？杰克怎么办？你进了监狱就不能再照顾他了。还有……”她结结巴巴地说着，突然找不到词儿了。

朱庇特等了一会儿，端着那杯薄荷茶，礼貌地笑着。这神情更激怒了茉莉安：他有没有担心过她加入奇迹社团的事？还是说他只不过是拿这事儿找乐子？她茉莉安真的只是他的……业余爱好吗？

这些思绪在她的心里渐渐膨胀，就像一只被逼进角落的小动物，向后退着，准备拼出一条血路。她把玻璃杯放在托盘上，发出咔的一声。

“我想回家。”

这句话从她的嘴里冒了出来，低沉，阴郁，可她根本没想到自己会这么说。这句话就这么悬在半空。

“家？”

“回豺镇。”她说明白了。不过，她知道朱庇特很清楚她的意思。他一动不动。“我想回去了。现在，今晚。我想告诉家人，我还活着。我不想加入奇迹社团了，我也不……”这半句话实在难以说出口，一字一词都在跟她搏斗，“我也不想再住在丢卡利翁大饭店了。”

这不是真话，但是她觉得，如果朱庇特能这么认为，那么事情会容易些。

茉莉安爱丢卡利翁。可是，无论这里有多少个房间，多少条走廊，多少层楼宇，都装不下她对表演选拔赛与日俱增的恐惧。她的忧虑就像一头猛兽，就像萦绕着围墙的幽灵，就像冬天的严寒一样侵入骨髓，让她永远也没法儿感受到真正的暖意。

她等着朱庇特回答。他无动于衷，脸上一丝表情也没有，茉莉安觉得那就像一张瓷做的面具，仿佛马上就要裂开了似的。他就这样凝视着火焰，凝视了好长一阵子。

“很好，”他终于开口了，声音很温柔，“我们立刻就走。”

# 7

# 虚空线路

“有多远？”

“不远。跟上。”还是那条瓷砖脱落、灯光昏暗的破旧通道。朱庇特以同往常一样的速度走着，而茉莉安跌跌撞撞，尽可能地跟上他。她时不时地抬起头看看他的脸色，但是什么也看不出来。

他几乎没说什么话，只是告诉芬内斯塔他们要去哪里。那只华姿猫看了看他，警觉而悲伤——这令茉莉安很惊讶。小芬一个字也没说，可是，当茉莉安跟着朱庇特踏出前门时，小芬轻轻地用那灰色的大脑袋拱了拱她，发出一声哀伤的呜咽。茉莉安使劲儿眨巴了几下眼睛，紧紧攥着她的油布雨伞，没有回头看。

他们穿过黑漆漆的街巷，跃上伞轨车，到了最近的奇迹枢纽车站，而后就沿着迷宫般的隧道和楼梯向下深入。他们从一扇隐蔽的门钻了过去，来到一条又黑又脏的走廊。茉莉安从来没到过这个地方，朱庇特却似乎对这趟路线烂熟于心。

转了数不清的弯，二十几分钟后，他们总算拨开迷雾般地踏上了一座宽敞的月台。墙上贴着的海报褪色、破旧、过时，上面介绍的产品茉莉安都没听说过。

月台上方的标牌显示，这就是虚空线路的始发站。

“你确定要这么做吗？”朱庇特凝视着贴着瓷砖的墙壁说道。他的声音很轻，却还是在空旷深邃的空间里撞击出了回声。“你没必要走。”

“我知道。”茉莉安说。她想到了霍桑，她永远都没法儿跟最好的朋友说一句“再见”；还有杰克，他此刻正在丢卡利翁大饭店里熟睡，醒来才会知道她已经走了。她突然感到一阵悲伤。她把这悲伤压了下去，就像硬盖上一个盖子。她不能留在这儿，眼睁睁地看着朱庇特为了她失去拥有的一切。“我确定。”

朱庇特点点头，伸手去拿她的雨伞。茉莉安紧攥着它：“我能不能留……”

“它得留在这儿。对不起。”

茉莉安松了手。当朱庇特把那银柄雨伞挂在缆索上时，她心里涌起一股阴沉的、愤恨的失望。毕竟，那是她的生日礼物啊，承载着好多美好的回忆呢——从丢卡利翁大饭店的屋顶上跳下去，挂在伞轨车上滑到老镇区，打开了影子大厅的门（直到后来茉莉安终于忍不住开口相问时，朱庇特才承认说他觉得很好笑，因为她总算发现秘密房间的秘密钥匙了，为此他可是等了很久。他说，要是她再调皮一些，肯定早就发现了）。

“准备好了？”他拉住她的手，跨过了月台边缘的黄线，“闭上眼睛，别睁开。”

茉莉安闭上了双眼。空气仿佛静止了。寂静中，仿佛过去了好久好久。

然后她听到远处有声音，越来越响，是列车不断加速的声音。她感觉到隧道里的凉空气咻地扑面而来，听到列车在他们面前停住，打开了车门。

“迈一大步，茉莉安·克罗。”朱庇特紧紧拉着她上了车。

“我能睁开眼睛了吗？”

“还不行。”

“我们这是要去哪儿？虚空线路是什么意思？它会把我们一直送到豺镇吗？还是需要换乘？”

“嘘——”朱庇特又捏了捏她的手。

行程很短，只有几分钟，可列车的晃动却让茉莉安开始晕车，开始恶心。她真希望能赶紧睁开眼睛。

列车停了，车门开了。茉莉安和朱庇特跨进了寒冷、刺骨、带着雨水和泥巴气味的空气里。

“睁眼吧。”

茉莉安觉得从自己内心深处涌起一阵惊恐——她正站在克罗庄园的前门外。她到家了。

这就是你想要的东西，她提醒自己。

只用了几分钟，虚空线路就把她从永泊镇一路送到了豺镇。

茉莉安转过身，列车已经消失了。背后什么都没有，只有将克罗庄园和森林隔离开来的高高的铁栅栏。她摇摇头：这怎么可能呢？

那熟悉的银质乌鸦形门环俯瞰着她。茉莉安刚抬起手要敲，朱庇特却直接穿过这扇坚固的木头门不见了。

“这怎么可能呢。”她吸了口气。

朱庇特的手又伸了回来，把她拉进了这座童年故园的昏暗走廊。

“怎么……到底……怎么回事？”

朱庇特斜眼看了看她：“严格地说，我们仍然在永泊镇。至少，我们的躯体仍在那里。虚空线路原本已经停止使用了，但作为一个拥有九级安全许可的跨界探险家，我有……相当的特权。”

茉莉安不知道，这种“特权”是不是会让他蹲监狱。“我们怎么能还在永泊镇呢？我们明明站在我奶奶的房子里啊。”

“并不完全是。我们正在虚空中穿梭。”

“那是什么意思？”

“它是万事万物，是……我该怎么解释呢？”他停下来，深深地呼吸，向上望着。茉莉安想起来了，他曾有一次想跟她解释，也是没能成功。“我们都是虚空的一部分，虚空就在我们的四周。我能看见的那些东西，比如说，你的噩梦，或是那只绿色茶壶的来龙去脉，它们都存在于虚空之中，就像看不见的细线被织进了看不见的网。这张网很大，把一切都连接在一起。虚空线路只是为我们提供了在这些细线中按意愿穿梭的路径。它是跨界探险的副产品——那是联盟在十三四年前创造出来的。你的身体仍然安然无恙地待在永泊镇，而意识则穿越到了豺镇且不会被人察觉。这是相当巧妙的系统，也是绝对的秘密，所以千万千万不要告诉任何人。它永远也不会面向大众开放，因为它太不稳定了。这些日子就连最高级别的军事人员也禁止使用它。”

“为什么？”

朱庇特做了个鬼脸：“这种模式的旅行并非适合所有人。有的人从虚空线路回来之后就有点儿……不对劲。他们的躯体和心灵一旦分开，就再也没法儿完美地合为一体了。这种不同步是永久性的，会让人陷入癫狂。如果你不懂我们这是在干吗，那就相当危险了。”

“我懂这是在干吗！”茉莉安有点儿害怕，“那你为什么带我坐？”

他轻哼一声：“如果有一个人可以乘坐虚空线路旅行，那这个人就是你。”

“为什么是我？”

“因为你……”他不说了，似乎是意识到说错了什么而突然停住了，“因为你……和我在一起。”说着他看向别处：“我们不能在这儿久留，明白吗？”

茉莉安也不知道自己是有些失望，还是松了一口气：“可是我并不想只是回来看看，我想好好地回到这儿生活。”

“我知道你所期待的不是这个。但我只是希望你确认一下，免得……”

“圣诞快乐！”这时，艾薇突然从走廊里向他们跑过来，笑得非常开心。茉莉安往前走了一步，正要开口解释，可她的这位继母闪过去了，丝绸衣裙沙沙响着，香水的甜香缭绕。“祝大家圣诞快乐！”艾薇大声说道。

茉莉安跟着她走进客厅，只见里面高朋满座，人人都举起酒杯，向光彩照人的女主人致意。艾薇跟钢琴前的一个年轻人打了个手势，他便弹奏起轻快活泼的颂歌。柯维斯穿着无尾礼服，翻领上插着一朵玫瑰，从屋子另一边冲妻子微笑着。

“他们在办宴会。”茉莉安仔细地看着，“他们以前从来不办宴会的。”

朱庇特没说话。

她看着爸爸和艾薇即兴起舞，在众人的掌声中舞步飞旋。有个人在柯维斯经过时跟他说了句什么，柯维斯就仰起头大笑起来。记忆中，爸爸这样笑的次数，茉莉安一只手就数得过来——其实，用一根手指头就数过来了。就是此刻。

“他们能看见我吗？”

朱庇特犹豫着，紧贴墙壁站着：“只有你想让他们看见，他们才能看见。”

茉莉安皱起眉头：“我想让他们看见。”

“显然你并不想。”

艾薇重新布置了屋子。窗帘、衬垫（长春花色的），还有印花壁纸，都是新的。所有能摆东西的地方都摆上了相框，照片里都是柯维斯、艾薇和新生的婴儿——不，两个婴儿，一对双胞胎。两个长得一模一样的小男孩儿，长着粉红色的脸蛋、浅金色的头发，就像他们的妈妈一样。双层镀银的相框上用花式字母刻着他们的名字：沃尔弗拉姆和冈特拉姆。

这么说，茉莉安有弟弟了。她想把这个消息连同这热闹宴会一起消化，可她发现自己的大脑难以顺畅运转。我有弟弟了，她不停地想着，一遍又一遍，我有弟弟了。可这句话轻飘飘的，就像飘在空中似的，根本没有任何重量或意义。于是，她任由这思绪飘远了。

茉莉安忖度着：奶奶去哪儿了？她一直这么想着，直到终于得到答案。

克罗家的逝者纪念厅又黑又安静，和茉莉安记忆中的样子一样——冰冷，空旷，一股霉味。变化只有一个：她自己的画像挂上去了。

这个地方其实并不叫“逝者纪念厅”，至少，除了茉莉安之外，没人这么称呼它。它的真名很无趣，就叫“肖像厅”。不过，只有克罗家族已经过世的族人才会被画成画像挂在这里。不知道为什么，这是奶奶最喜欢的地方——她有时候会无缘无故地消失几个小时，如果要找她，到这儿来就对了。在克罗家的逝者纪念厅里，家族世系由卡里翁·克罗（茉莉安的曾曾曾祖父，一次打猎时被他的贴身男仆失手打死）起始，至卡门贝尔·克罗（柯维斯的灰猎犬，获过奖，因误吞肥皂吐泡而死）为止。

茉莉安很惊讶地看到奶奶为她辟出了一块珍贵的位置，就在可敬的沃罗娜叔祖母和伯特伦叔叔中间。前者从赛马上摔下殒命，后者则是柯维斯的兄弟，幼年便死于热病。众所周知，奶奶对于克罗家逝者的画像摆放是非常讲究的。比如茉莉安母亲的画像就在大厅的角落里，跟那些不太受宠的宠物和隔了两三层的表亲在一起。

受托为茉莉安画像的画家已经为克罗家服务了六十多年。这意味着，他老迈年高，慢慢吞吞，茉莉安不得不一站就是好几个小时，还不能动，等着他颤颤巍巍地摆弄画笔。他总会时不时地喊道："别动！""这影子是打哪儿来的？"或是，"我看见你喘气了！""别抓鼻子，你这熊孩子！"

阑夜期终结夜那天，他们正在画最后几笔，艾薇中途走了进来，手里拿着卷尺，肩膀和耳朵中间夹着电话。她一边给茉莉安量尺寸，一边对着话筒说道："一百二十厘米长……对，我想是的，至少……哦，不对，要更宽些，她肩膀可壮呢……桃花心木多少钱？那就松木吧，我想可以的。不，不行，柯维斯想要桃花心木，我们可不能看着太寒碜了。粉色丝绸衬里，当然。带褶边的枕头，底部绕一圈粉色丝带。你会给送货上门吧？你这句'什么时候'是什么意思？明天一早，第一个就送，没错！"

然后她就匆匆忙忙地走了，一个字也没对茉莉安和画家说。等茉莉安反应过来艾薇这通电话是在说什么，她整整一下午都在生气，因为她不喜欢自己的棺材里有那么多粉色。结果就是，在这幅挂在墙上的画像里，茉莉安挑衅地把胳膊抱在胸前，满面怒容。

这是茉莉安第一次看到完工的画像。她还挺喜欢的。

“谁在那儿？”

黑漆漆的屋子里，只有外面走廊上的灯投下的一点儿光亮。奶奶站在窗边，像往常一样穿着正式的黑色礼服裙，脖子上戴着珠宝，深灰色的头发高高地盘起，空气里弥漫着熟悉的木质调香水的味道。

茉莉安小心地走近她：“奶奶，是我。”

奶奶眯起眼睛，环视黑暗的屋子：“是谁？回答我！”

“为什么她看不见我？我想让她看见。”茉莉安冲朱庇特发脾气。

“再试试。”他答道，轻轻地把她往前推了推。

茉莉安深深地吸了一口气，两手紧握成拳头，全心全意地想着：看见我，求求你，看见我。“奶奶？是我。我在这儿呢。”

“茉莉安？”奶奶哑着嗓子轻声问道。她睁大了眼睛，朝着她的孙女走了几步，摇着头，好像想让自己清醒些似的。“那是……怎么可能……”

“你能看见我吗？”

奥尔内拉·克罗混浊的蓝眼睛紧盯着孙女的脸。在茉莉安的印象中，这是她第一次发觉这双眼睛里盛满了惊恐。“不。不。”

“没事的，”茉莉安捧起她的手，就像安抚一只惊慌的小动物，“我不是鬼魂。真的是我。我还活着。我没死，我没……”

可是奶奶不停地摇头：“茉莉安。不。为什么你会在这儿？为什么你要回来？你不该在这儿。它们会来抓你的。烟与影的追猎者，它们会来抓你的。”

茉莉安只觉得一阵彻骨的寒意。她看向朱庇特，见他只是远远地站着，双手插在口袋里，垂头凝视着脚下。“她怎么会知道……”

可是，奶奶竟然转向朱庇特，勃然大怒：“你！你这个蠢货！为什么把她带回来？你保证过，会让她留在永泊镇的。你保证过她永远也不会离开自由邦。你们不该回来！”

“我们不是真的在这儿，克罗夫人。”朱庇特着急地说道。他伸出手，直接从奶奶身体中间穿了过去。奶奶打了个哆嗦，向后退了几步。“我们是乘着虚空线路来的。我们的躯体并没有……这个说来话长。是茉莉安自己想来的，她很渴望……”

“你答应过，绝不带她回来。”奶奶重复着，眼神迷乱而癫狂，“你对我发过誓。这太危险了，这不……茉莉安，你必须快走！”

“茉莉安？”门廊上传来了声音。有人打开了开关，逝者纪念厅里一下子变得亮堂堂的。柯维斯冲了进来，蓝眼睛四处搜索着。茉莉安张了张嘴，想要说话，但总理先生径直从她身边走了过去，握住奶奶的肩膀摇晃她。“妈，你在发什么疯？你这是在干什么？现在，现在是什么时候？是圣诞宴会，看在老天的分儿上！”

奥尔内拉·克罗的目光越过儿子的肩膀，焦急地落在孙女身上。“这……没什么，柯维斯。只不过是想象把我弄糊涂了。”

“你刚才说那个名字了。”柯维斯轻声说道。他的声音因为愤怒而僵硬。“我在走廊上听见了。如果我的同事刚好经过，也听见了，那该怎么办？”

“这……真没什么，亲爱的。没人听见。我只是……只是在回忆……”

“我们发过誓，再也不提起那个名字。我们发过誓的，妈。”

茉莉安觉得自己身体里仿佛没有一丝活气。

“我最最不希望发生的事，就是人们再想起那一切，尤其是在我正要在联邦政府夺得一席的节骨眼上。如果冬洋党里的任何一个人……”柯维斯顿住了，嘴巴紧紧抿成了一条线，“今晚对我很重要，妈。拜托你，别用那个名字毁掉它。”

“柯维斯——”

“那个名字已经死了。”

柯维斯·克罗转过身，从他女儿——他看不见她——站着的地方穿了过去，离开了。

茉莉安走出屋子，一直走到了大门外，冷风灌进了肚子，她俯着身子，想缓过一口气来。

究竟该作何感想？她思量着。扑面而来的寒风刺痛着她，双脚之下坚硬的地面，雨的气味，泥土的气味，奶奶香水的气味，爸爸甚至看不见站在面前的女儿……这一切，她究竟该作何感想？

她听见朱庇特的脚踏在碎石子上，发出嘎吱嘎吱的声音。他已经在那儿好久了，耐心地等着她宣布下一步行动，既没有给出建议，也没有表示同情，更没有说“我早告诉过你了”。他只是等待着，直到茉莉安直起身子，深深地、颤抖地吸了一口气。

“她知道。我奶奶。她知道我没死。”

“对。”

“她知道那些追猎者。”

“对。”

“她怎么知道的？”

“我告诉她的。”

“什么时候？”

“阑夜期之前。我必须找人签署你的合同。”

哦。所以，那个认不出的名字，是奶奶的签名。竞标日那天，把信封塞进她房门缝的也是奶奶。“为什么是她？”

“看起来她是喜欢你的。”

茉莉安呛出一声笑，她扯过袖子，掩盖鼻子里发出的一声抽泣。这个时候，朱庇特表现得相当有礼貌——他假装对自己的鞋子爆发出了极大的兴趣。

“跟我回去，”他最终平静地说道，“好吗？你奶奶说得对，你在这儿不安全。回丢卡利翁去吧。现在，那里是你的家。我们都是你的家人——我、杰克、小芬，还有其他人。你和我们还是一起的。”

“然后我就输掉表演选拔赛，被驱逐出境。”她又吸了吸鼻子，“然后你就被判叛国罪，锒铛入狱。”

“就像我说的，船到桥头自然直。”

茉莉安擦了擦脸，把所有泪痕都擦干了。“那我们去哪儿乘虚空线路？”

“哪儿也不用去。”朱庇特的眼神亮了，既高兴又松了口气。他拍了拍茉莉安的后背。茉莉安笑了笑，不过眼睛里还含着泪。“它会自己来的。这就是锚的作用。自己没有锚定的话，是绝不能乘坐虚空线路的。”

“什么意思？什么锚？”

“我留在站台上的东西，”朱庇特咧开嘴笑了，“留在出发点的珍贵的个人物品，它会借由看不见的虚空将你和永泊镇拴在一起。它正等着把你拉回家呢。你能想象出它的样子吗？”

茉莉安想了一会儿，说：“你是说……我的伞？”

朱庇特点了点头：“闭上眼睛，尽可能清晰地想象它。想象它正挂在缆索上，想象它的微小细节。把这幅画面保持在意念中，小茉。明白了吗？”

茉莉安闭上眼睛，“看见”了亮亮的油布伞盖，银质缠丝的伞柄，还有那只猫眼石小鸟。“明白了。”

“别让它消失。”

“好。”

她感到朱庇特温暖的手握住了自己的手。远处，列车呼啸而来。

丢卡利翁大饭店的走廊是那么暖和，那么熟悉。胳膊和腿突然像一点儿力气都没有了，茉莉安拖着脚步往房间走，渴望着她的枕头堆、羽绒被，并且希望壁炉里的火还在燃着——反正她就是知道，火会一直燃着的。

当她伸出手去开门的时候，一只冰凉纤瘦的手抓住了她的胳膊。她吓了一跳，连忙往后一退。

“哦，是你！钱达夫人。”

“我可不是故意要吓唬你的，小姑娘，”这位女高音说道，“我只是正要回房睡觉去。我们可真是一对夜猫子啊！我猜，是不是丰盛的圣诞美食也让你睡不着了？”

茉莉安尴尬地笑着，脑袋里不停地闪过钱达夫人和凯吉瑞的对话——就算他输掉了丢卡利翁，也不会怎么样。“呃，是啊。”

“好吧，我睡不着的时候，就会翻翻旧书、旧唱片什么的。”钱达夫人拿出一张皱皱巴巴的纸，展开，轻轻地抚平。“我觉得你可能会对这个有兴趣。我应该还有一张画像呢。当然，这不是近期的。那时他大概二三十岁吧，现在得有一百多岁了。你看，他就是声名狼藉的以斯拉·斯考尔，是个相当好看的小伙子吧，不过我这个看法如今已经过时了。天啊，可别跟别人说我觉得这个刽子手英俊，他们会用火把和草叉来对付我的。”她扬起眉毛，狡黠地冲茉莉安笑了笑。“你拿着吧，这是原版油画的复印版。很高兴你对永泊镇的历史感兴趣，只是那段可怕的特殊时期也是躲不开的。晚安，茉莉安小姐，圣诞快乐，亲爱的。”她离开的时候捏了捏茉莉安的手，友善地看着她，就好像想为这个没机会加入奇迹社团的女孩儿做点儿善事似的。

不过，茉莉安并没有去想选拔赛和机会之类的事，这可是头一回。

她说不出话来，喉咙像是被堵住了。

画上的年轻男人平静地微笑着，灰棕色的头发整齐地梳到后面，旧式的西服完美无瑕，显然价值不菲。那双黑色的眼睛，那苍白得几近透明的皮肤，那微薄的笑意和瘦削的脸型，和她上一次见到的一模一样。还有那道疤，淡淡的，白色的，横亘于一侧眉毛的疤……她认得那道疤。她认识这个人。

他就是琼斯先生。

# 8

# 杳如隐身

圣诞节之后的几天，覆盖永泊镇的白色雪毯变成了让人苦不堪言的灰色烂泥。雨滴拍打着丢卡利翁大饭店的窗户，节日欢乐迅速变成了节后抑郁。茉莉安一整年里最最担心的事——表演选拔赛——正一个小时一个小时地步步逼近。

然而，令人不可置信地，现在，表演选拔赛只能屈居难题第二位了。

圣诞节之后，茉莉安花了整整两天时间，苦闷地想要鼓起勇气，将她发现的关于以斯拉·斯考尔和琼斯先生的事告诉朱庇特。她想去敲朱庇特书房的门，手里紧攥着斯考尔的画像，攥得指关节都发白了，可每当这时，她那不够坚强的意志神经就会让她彻底败下阵来。

她非常非常想要告诉他。但是怎么说呢？她应该说什么？你猜怎么着，朱庇特，那个“尚在人世的最邪恶的家伙”认为我能成为他的学徒。哦，他这几个月好几次来永泊镇找我呢。哦，我已经将整座城镇置于危险之中了，因为我不想告诉你。

最重要的是，茉莉安想跟霍桑说说这件事。就在她觉得这可怕的真相像熔岩似的冒着泡，要把她烧死的时候，她的朋友总算从高原地区回来了。

“你能肯定吗？”他眯着眼睛细看那张画像，声音里有一丝绝望的希望，“会不会是他爷爷啊？”

茉莉安恼怒地“哎哟”了一声，翻了个白眼——这大概是这天下午她翻的第一百个白眼。她几乎没怎么合眼，沿着直线在卧室里走来走去（卧室可能觉得这样挺好玩儿的，于是不停地延展拉长墙壁，让她每个来回都走得更远些）。

“我跟你说过，就是他。就是同一个人啊。他也有同样的伤疤，嘴唇上面有同样的雀斑，一模一样的鼻子，哪儿哪儿都一模一样。如果这不是琼斯先生，那我也不是茉莉安·克罗了。”

“那他干吗要假扮成自己的助手呢？”

“也许是因为这画像虽然是一百年前画的，可他却没有衰老一点点。”茉莉安抢过霍桑手里的书，把那张复制版画像贴到他鼻子前面，“看看，万圣节时你见过他的，你看看啊。”

霍桑抿着嘴唇，把画像拿远一点儿，斜眼看了看。然后他深深地、长长地叹了一口气：“是他。一定是。这个疤……”

“就是。”

霍桑皱起眉头：“可是钱达夫人说……”

“……说他被驱逐出永泊镇了，我知道。”茉莉安打断了他，“凯吉瑞还说这座城镇用古老的魔法将他隔绝在外。”

“对。再说，那些守卫边境的人是怎么回事？空军、皇家巫术委员会、超自然联盟，所有这些又是怎么回事？没有人能穿过他们的防守，哪怕是奇迹锻工。”

茉莉安跌坐在扶手椅里，把靠垫抱在胸前。“可是琼斯先生——斯考尔——确实就在这儿，霍桑。我看见他了。我们俩都看见了。这么讨论没有意义。”

他们沉默地坐了一会儿，听着雨水拍打玻璃。日近黄昏了。

霍桑叹了口气：“我得走了。我答应爸爸天黑之前回家的。明天就是表演选拔赛，别忘了。”他半开玩笑地说道，好像他们有谁会忘了加入社团要通过的最后一场比赛似的，好像茉莉安会忘了几个月来一直出现在她噩梦里的那个日子似的。

霍桑严肃地看着他的朋友，看了好一阵子：“茉莉安，我觉得是时候……”

“我知道，”她扭头看着窗外的昏暗，平静地说，“我必须告诉朱庇特。”

茉莉安试探着敲了敲朱庇特书房的门。

“干吗？”这抱怨声可不是她资助人的声音。她推开门，看见芬内斯塔四仰八叉地瘫在壁炉前的小地毯上。华姿猫打了一个大大的哈欠，似睡非睡的黄色眼睛盯着茉莉安。“你想干吗？”

“他去哪儿了？我得见他。有急事。”

“谁？”

“朱庇特。”茉莉安顾不上掩饰自己的烦躁。

“他不在。”

“是，我看见了。”她指了指空荡荡的书房，“他在哪儿？吸烟室？餐厅？小芬，这事很重要。”

“他不在这里。不在饭店里。”

“他……什么？”

“他走了。”

茉莉安的心提到了嗓子眼儿：“去哪儿了？”

芬内斯塔耸耸肩，舔了舔爪子：“不知道。”

“那他什么时候回来？”

“他没说。”

“可是，明天就是最后一轮选拔赛了。”茉莉安提高了声调，“他会在那之前回来吧？”

芬内斯塔翻了个身，抓了抓地毯，然后又懒洋洋地揉了揉耳朵。

茉莉安一下子变得惊恐不已。朱庇特离开饭店，有时是几个小时，有时是几天，有时甚至是几个星期。茉莉安从来不知道他会在什么时候回来。没有人知道。表演选拔赛时他可能回不来，这个想法让茉莉安如坠寒窟。

他答应过她。他保证过的。

他还答应过带你去永泊镇市集呢，脑袋里有个小小的声音说道，可结果怎么样呢？

可这不一样啊，茉莉安想道，这可是她的选拔赛。是大事——他发誓会上心的大事，他说过她连想都不用想的大事。她确实尽力不去想，可现在是什么情况？她没法儿自己去参加比赛啊，她甚至还不知道自己的心法到底是什么呢。

“芬内斯塔，求求你！”她叫道。华姿猫回过头盯着她。“他在干什么？他去哪儿了？”她问道。

“他说有重要的事要办。我知道的就这么多。”

茉莉安的心沉了下去。比她生命中最重要的一天还要重要？比信守他的承诺还要重要？

她觉得手足无措，完全被突如其来的恐惧吓住了，彻底忘了找他原本是为了什么事。

她得靠自己了。参加比赛指望不上他了。她得靠自己。

茉莉安倒在火炉边的一张皮质扶手椅里，全身僵硬得像是灌了铅。

芬内斯塔突然站了起来，出现在扶手椅上方，把她那毛茸茸的大扁猫脸凑到茉莉安的眼前：“他是不是说过选拔赛时他会在这儿？”

茉莉安的眼睛里泛起泪光：“是的，可是……”

“他是不是说过他会搞定？”

“是的，可是……”

“他有没有跟你保证过一切都不会有问题？”

热热的眼泪从茉莉安的脸上淌了下来：“是的，可是……”

“这不就得了。”小芬琥珀色的大眼睛很温和地眨了眨，点了一下头，“选拔赛时他会在这儿。他会搞定的。一切都不会有问题。”

茉莉安吸了吸鼻子，用衬衫袖子蹭了蹭。她紧紧闭着眼睛，摇着头说：“你怎么知道？”

“他是我的朋友。我了解我的朋友。”

芬内斯塔沉默了好一会儿。茉莉安以为她站着睡着了。这时，她觉得有什么暖暖的、湿湿的、像砂纸一样的东西在舔自己的右脸。她又抽搭起来。小芬灰色的大脑袋友好地拱了拱她的肩膀。

“谢谢你，小芬。”茉莉安平静地说。她听见芬内斯塔轻轻地往门边走。“小芬？”

“嗯？”

“你的口水有一股沙丁鱼味儿。”

“呃，是啊，我是只猫嘛。”

“现在我的脸也是沙丁鱼味儿的了。”

“无所谓啊，我是猫。”

“晚安，小芬。”

“晚安，茉莉安。”

# 9

# 表演选拔赛

“哦，棉花糖！”霍桑挥着手说道。身着制服的巨人竞技场工作人员正在售卖零食。“想吃吗？圣诞节时我奶奶给了我压岁钱。”

茉莉安摇了摇头。她的肚子就这么大点儿空间，此刻全部被紧张、恶心和“今天将成为毕生最惨的一天”的念头塞满了。“你就不紧张吗？”

霍桑耸了耸肩，从棉花糖上咬下一大片。“有一点儿吧，应该。不过今天我不会做新的技巧动作。南希说，我应该坚持自己最擅长的东西。我只是希望能带上最近在骑的龙。”

“你不骑自己的龙吗？”

霍桑发出了短短的一声尖笑：“我自己的龙？你疯了吗？我没有自己的龙。谁的父母买得起龙啊？”他舔了舔粘在手指头上的粉色棉花糖：“进行技巧训练时，我骑的是少年驭龙联盟提供的羽量级龙，通常不是‘风中糖纸飞如飘’就是‘海面浮油耀如日’。‘浮油’无疑是最驯顺的，但是‘糖纸’更勇敢些，她很擅长大幅度俯冲。”

“为什么不能骑它们俩呢？”

“你还不知道奇迹社团嘛。”霍桑说。茉莉安不想提醒他，因为自己来自豺镇，所以社团的口味什么的，她的确不知道。“他们认为他们的龙比联盟的好。南希说最好不要跟他们争辩。但愿他们别给我派一头高地龙，它们太笨重了，连让它们拐弯我都做不好。哦，看啊，开始了。”

终于来了，茉莉安想道。她看见长老们步入巨人竞技场，看台上欢声雷动。奎恩长老抬起手，示意人们安静，然后对着话筒开始讲话。

“欢迎诸位，”她的声音轰隆隆地透过扩音器传了出来，“莅临奇迹社团919团的决胜选拔赛。”

又是一阵欢呼。茉莉安的耳朵嗡嗡作响。竞技场里不但挤满了进入最后一轮比赛的候选人，还有他们的资助人，前来一睹新的心法的其他社团成员，当然还有家人啦，朋友啦，等等。霍桑的父母就在看台上，杰克也在——他是为了支持茉莉安，特意回家过周末的。这让茉莉安既惊讶又感动。巨人竞技场中弥漫着节日般的气氛，仿佛这只是普通的一天，观众也只是来看巨人们角斗。

“欢迎你们，尊敬的奇迹社团成员；欢迎你们，各位资助人；但我们尤其要欢迎的是这些候选人，这七十五名勇敢的年轻人。他们一路走来，

成绩斐然，令长老们和我都非常非常骄傲。

“诸位候选人，今天你们抵达这里时，便随机领到了号码，这就是你们参赛的出场顺序。你们将五人一组入场，工作人员会按顺序叫号，听到时请尽快行动，跟随工作人员到大门处，你们的资助人会在那儿与你们见面，并陪同你们入场。”

“是啊，前提是我得运气够好。”茉莉安咕哝道。霍桑哼了一声，满心同情地冲她笑了笑。今天的选拔赛，霍桑是第十一个出场，而茉莉安分配到的是第七十四号……一开始她还不太高兴，因为这意味着她要经受更长时间的紧张的折磨。不过，就像霍桑说的，出场顺序排得越靠后，朱庇特就有越多的时间赶到这里。

“如果选拔赛后，”奎恩长老说道，“你在前九名中赢得了一席之地，那么你的名字将出现在排行榜上。如果没有，那么……我们祝福你未来在其他领域也能一切顺遂。男孩儿女孩儿们，祝大家好运。我们开始吧。”

第一个进入竞技场的是粉泥联合的黛娜·吉尔伯恩。开始之前，她的资助人忙乱着把椅子、桌子和梯子搭成了一座临时的立体攀登架。

黛娜的表现的确令人惊讶。她是一位敏捷的攀登者，一位杰出的杂技演员，而且，茉莉安很震惊地发现——

“一只猴子？”

霍桑大笑起来，但他马上歉疚地四下看了看：“茉莉安！别这么说她。她不是真正的猴子，只是有尾巴罢了。”

黛娜干净利落地从一个架子荡向另一个，在顶端表演平衡术，或是用尾巴挂住架子，头朝下倒吊着，最后以完美落地作为收尾。但长老们只花了一分钟就做出了决定，他们把她请出了巨人竞技场，她的名字也没有出现在排行榜上。黛娜一下子就崩溃了。

“哦，”霍桑有点儿畏缩，“出师不利啊。”

茉莉安迷糊了。长老们究竟在寻找什么呢？在他们眼中，什么样的人才能加入奇迹社团呢？她想到了自己认识的几位社团成员——朱庇特那语焉不详的心法是“看到别人看不见的东西”，而钱达夫人则是备受赞誉的歌剧演员，歌声能吸引森林里的小动物。他们十一岁的时候，比黛娜这个有尾巴的杂技演员还要出色吗？还是说，长老们另有所图，搜寻的是难以确切描述的品质，而这品质造就了完美的社团成员？

从第一号选手开始，比赛的结果每况愈下。

接下来的四位候选人——一个山水画家，一个跨栏运动员，一个魔术师，还有一个演奏尤克里里琴的男孩儿，全都没能杀进前九。直到第二组候选人开始比赛时，排行榜上还是一个名字都没有。

事实上，一直到第九位候选人登场，赛况才有了点儿变化。一个名叫谢波德·琼斯的男孩儿说，他能与狗狗对话。他和十几只大大小小的狗狗表演了一系列令人不可置信的技巧。他吠叫着冲狗狗下令，狗狗便跳过了铁环，或是立起身子用后腿走路，或是一起跳舞，引起了观众们的阵阵叫好。然而，长老们还是心存怀疑。

“让一只小狗到我这儿来。”奎恩长老说。谢波德冲一只蓝色牧牛犬叫唤，牧牛犬便跑上看台，跑到了奎恩长老那里。长老给它看了看自己手提包里的东西，然后叫它回去。“现在告诉我，这只小狗刚才看到了什么？”

谢波德跪下来，和牧牛犬简短地聊了几句，然后回答道：“一只硬币包，一块猪肉馅饼，一把伞，一支唇膏，一张叠起来的报纸，一副眼镜，还有一支铅笔。”这时牧牛犬又叫了一声。“哦，还有一片奶酪。”

奎恩长老点了点头。观众们鼓起掌来。

这时，牧牛犬叫了两声。谢波德有点儿不好意思地看着奎恩长老说：“呃，它说，能不能把那块猪肉馅饼给它吃？”

奎恩长老笑了，她把馅饼扔给谢波德：“吃吧，奶酪也给它吃。”

牧牛犬轻轻地呜咽了一声，第三次叫了起来。谢波德脸红了，对牧牛犬说：“我可不能跟他们说那个。”

“它刚才说什么，孩子？”黄长老问道。

谢波德抓了抓头发，垂头说道：“它说，吃奶酪容易便秘。”

谢波德·琼斯是第一个登上排行榜的候选人。当他的名字出现在巨人竞技场两端的大屏幕上时，观众们全都鼓起掌来。

然而，第十个出场的候选人——一个名叫梅拉朵尔·韦斯特的女孩儿，她在十一分钟内做出了三顶漂亮的帽子，分别敬赠给了三位长老——却没能赢得前九席位。

下一个就是霍桑了。茉莉安为他加油鼓劲儿，而后他就和该组的另外四个候选人被引往竞技场。霍桑从头到脚都穿着柔软的棕色皮装，当南希·道森向大家做介绍时（“来自永泊镇的霍桑·斯威夫特！”），霍桑则紧了紧自己的护胫、护腕和头盔。奇迹社团的龙管员牵来了一头龙，它足有二十英尺高，绿色的鳞甲闪着荧光，长长的尾巴像珠宝般耀目。观众们发出了惊呼声。

龙的图片，茉莉安当然是见过的（在冬洋国，龙被当作头号危险猎食动物和瘟疫级害兽，每逢屠龙季，危险野兽消杀部队就经常登上新闻头条），但亲眼目睹一头活生生的龙却完全是另一回事。因为驭龙训练是谢绝参观的，于是霍桑曾有好几次想带她趁着夜色偷偷溜到龙舍里去，可朱庇特不同意——他希望茉莉安的胳膊和腿一直都是原装的。多谢他。

这头龙左摇右摆地甩着脑袋，裂缝般的鼻孔里喷出大团大团冒着烟的热气。观众们全都往后躲了躲。

这头远古巨兽哪怕是喷嚏打错了方向，都会把霍桑烧成肉干，他却好像完全不担心。他花了几分钟和这头龙熟悉了一下，让它适应自己的存在，温柔且笃定地拍了拍它的肚子。龙则用一侧的深橘色眼睛看着他。

霍桑绕着它走了一圈，手掌划过粗糙的龙皮，这样，龙就能知道他的位置，不会因不安而受惊。茉莉安在克罗庄园里曾见到马夫也这样抚摸爸爸的马。长老们往前倾着身子，仔细地观察着他们之间的互动。黄长老好像尤为激动，他不停地碰碰奎恩长老，在她耳边窃窃私语。

霍桑从社团龙管员那儿拿过一块生肉喂给了那头龙，然后他更使劲儿地拍它——现在是拍它的脖子。最终，他毫不犹豫地助跑、起跳，爬上了安置在龙的前膀上的鞍座。他猛地一抖缰绳，身子往前一冲，绿色的巨兽便振动翅膀，飞上了半空。

霍桑和他的龙先是兜了一个大圈子，向上攀升至竞技场的顶空，然后认真地开始了表演。霍桑叫着发出命令（茉莉安听不太懂），用脚跟紧紧夹住龙的肚子。他们翻滚着俯冲向看台，直直地坠向地面，在千钧一发的最后一刻向上拉起、爬升，就像踩了刹车一样。龙展开双翅，以直线向前飞行，而霍桑则在它背上站了起来，挥舞着胳膊，仿佛也在飞翔一般。这时，他突然坐回鞍座，发出了命令。龙收紧了翅膀，在半空中转体 360 度，而后重新张开翅膀，高度竟然没有下降分毫。

茉莉安从来没有见过这样的霍桑——充满自信，胸有成竹，好像他天生就该干这个。他肩膀舒展，目视前方，熟练而巧妙地驾驭着龙，仿佛龙是他身体的延伸。霍桑完完全全就是南希·道森所描述的那个少年冠军。

观众们的反应也证明了这一点。每一个人，包括三位长老，都为霍桑所折服。他向下俯冲逼近地面时，他们惊叹，尖叫；

他腾空而起掠过看台时，他们欢呼——那头龙距离他们的脑袋只有几英寸。

茉莉安十分惊讶于好朋友的天赋。这倒不是因为她不相信霍桑能有这么棒，而是因为眼前这位泰然自若、令人眼花缭乱的驭龙者和那个整整一下午都在表演“用胳肢窝发出放屁声”的男孩儿实在判若两人。

霍桑的压轴大戏，是利用龙喷火的习性，在空中用烟火写出自己名字的首字母。随后他们便利落地在竞技场着陆了。

霍桑爬下龙背，鞠了个躬。观众们和三位长老全都站起来鼓掌叫好，而茉莉安叫的声音最大。

长老们简单地商量了一下，很快就达成了共识：霍桑的名字占据了排行榜上的第一位。

不过，在这之后，选拔赛的气氛仍然很低迷，之后的三组中没有一个候选人登上排行榜。

终于，茉莉安期待了一整年的那位候选人就要出场了。当巴兹·查尔顿宣布“白银区的诺艾尔·德弗罗”上场时，诺艾尔便犹如一位宫廷中的王后一般步入了竞技场。在经过整整一分钟的整理仪容之后，她总算开口了。这声音仿佛天使在吟唱颂诗，在巨人竞技场洒下点点星尘。

这首歌没有歌词，只有流淌的旋律——萦绕在茉莉安周围的清脆、甜美的催眠曲，就像是承载着完美的满足感的气泡。她飞快地左右扫视一番，便知道有此感受的大有人在：看台上处处都是亮晶晶的眼睛和平和安宁的微笑。诺艾尔的声音似乎是奇异而令人喜悦的咒语。茉莉安希望这首歌一直唱下去，她不得不承认，诺艾尔的心法真是令人惊异的棒。

真烦人。

当诺艾尔鞠躬、行屈膝礼、向大家飞吻，并且对长老们微笑的时候，整个竞技场里的观众——甚至包括茉莉安——全都疯狂地鼓起掌来。霍桑戳了戳茉莉安，做出呕吐的声音。不过他这掩饰做得也太晚了，茉莉安已经看见他在歌声结束时偷偷抹眼泪了。

奎恩长老冲着排行榜轻轻一挥手，上面的排名就变了。诺艾尔排名第二，排在霍桑后面，谢波德则位列第三。诺艾尔的表情沉了一下，好像不满意自己没能夺得第一似的，不过她很快就恢复镇定，趾高气扬地走出了竞技场。

茉莉安的肚子里一阵翻腾。诺艾尔要加入奇迹社团了。广受欢迎、天赋过人的诺艾尔就要成为 919 团的一员了。霍桑也是。他们就要成为最好的朋友了。霍桑会彻底忘记茉莉安，而茉莉安只能离开永泊镇，离开朱庇特和丢卡利翁大饭店里的朋友，再也不能见到他们。一定会是这种结果。这种笃定压得她几乎无法呼吸，就像胸口上坐着一头郁闷的大象一样。

霍桑好像知道她在想什么。（可能不知道郁闷的大象。）

"一开始排名靠前是很容易的。"说着他用胳膊肘碰了碰她，吸溜吸溜地喝着薄荷汽水，"还有很多人没出场呢，他们会把诺艾尔挤出排行榜的。可能也会把我挤出去。”

茉莉安知道，他这只是谦虚。不过这也让她好受了些。“你知道你能入围的，”她也用胳膊肘回敬他，“你的表现太棒了。”

到了下午，霍桑的预期并没有实现。虽然谢波德很快就跌出了前九，但是诺艾尔的排名只掉了两名。排在她前面、暂居第二的是霍桑，第三名则是一个名叫马希尔·易卜拉欣的男孩儿。他用三十七种语言表演了一大段独白，被奎恩长老称赞为“完美的抑扬吟咏”。

目前，排在第一位的是安娜伊——一个胖胖的、留着金色鬈发的漂亮女孩儿。茉莉安曾在奇迹欢迎式上见过她。安娜伊穿着褪色的黄裙子，黑漆皮鞋，头发简单地扎了一个马尾，就像要去主日学校似的……而她不同寻常的天赋却惊得茉莉安措手不及。

安娜伊的资助人是一位名叫苏玛蒂·米什拉的女士。她声称这位候选人拥有辨识人体、洞悉生理的心法。为了证明这一点，她自愿躺到一张医用铁床上，让安娜伊用手术刀把她的肚子剖开，取出她的阑尾，然后又用干净的小针缝合了创口。最离奇的是，安娜伊全程都是蒙着眼睛的。

安娜伊直接空降成了第一名，而诺艾尔·德弗罗被踢到了第四，她整个脸都垮了。茉莉安看着这一幕，感到了一种巨大的满足。

选拔赛继续进行，候选人一个接一个地走上竞技场的中央，使出浑身解数，结果却各不相同。有的人自信而傲慢，有的人则恨不得地面裂开个大口子把他们吞下去。

有个女孩儿吓坏了，浑身剧烈地发抖，直抖得消失在空气中。怯场的恐惧让她整个人都隐身了。不过，幸好，这就是她的心法——隐形。她闪着微光，就像阳光下有着珍珠光泽的乳白色幽灵。为了展示能力，她径直穿过了奎恩长老的桌子。观众们大为惊讶，这让她渐渐找回了自信。

然而，不幸的是，她的心法似乎正是源于恐惧。因为她一感觉到轻松自在，开始享受众人的瞩目，她的身体就又恢复成了有形的原样。当她想要再次穿过奎恩长老的桌子返回时，却一头撞了上去，把一壶水泼到了黄长老身上——当然她也就没能登上排行榜。

而这个时候，茉莉安正努力地想要平息心底深处越来越严重的焦虑。每当表演的间隙，她就会看一看资助人的行列。

“他在哪儿？”她咕哝道。

“他会来的。”霍桑把自己的爆米花递给她，不过她没接，“朱庇特绝不会错过你的最后一轮选拔赛的。”

“如果错过了呢？”

“他会赶到的。”

“要是没能赶到呢？”茉莉安重复道。这时，人群正欢呼着，为十二秒绕着巨人竞技场跑完一圈的林美玲喝彩。不过，当长老们亲切地请她离场时，她大失所望，步子都不稳当了。

观众们发出了同情的抱怨声。“我都不知道我的心法是什么！没有他我怎么比赛呢？”

“看吧，他会赶到的，对吧。不过如果没……”霍桑伸长脖子，环顾整个竞技场，“如果没能赶来，我就陪你一起到下面去。我们会想出办法的。”

茉莉安扬起眉毛：“比如说？”

霍桑嚼着爆米花，十分严肃地思考了一会儿：“你能用胳肢窝发出放屁声吗？”

太阳渐渐西沉，巨人竞技场看台后，泛光灯也亮了。在茉莉安看来，它们就像是巨型聚光灯，专为她的公开丢脸而特设，等待着投下强光。

排名情况一直在变，暂居前九名的候选人全都焦虑地盯着排行榜。每当有新的候选人跻身前九，就会有另一位候选人被踢出榜单，被踢者或是连声哀叹，或是涕泪横流，或是勃然大怒。

茉莉安瞥了一眼坐在两排之前的诺艾尔，只见她正咬着指甲，每隔五分钟就看一眼排行榜。现在，她已经落到第七名了。

排在她前面的那个男孩儿，弗朗西斯·菲茨威廉，茉莉安曾在读书选拔赛时见过。他为评委们准备了一席七道大菜的晚宴。从品尝烤章鱼之后的激烈妄想，到蓝莓蛋奶酥带来的欢愉大笑，每一道菜都让他们的情绪跌宕起伏，犹如乘坐过山车，以至于他人只是看着也觉得足够惊异了。

目前位于第五名的是萨蒂亚·麦克劳德，她来自高原地区，是个一头红发的强壮女孩儿。她单挑成年巨人，并轻松取胜。

霍桑掉到了第四名，排在他前头的是个面容清秀的小个子男孩儿阿占·泰特。阿占是一个小提琴演奏家，他可以一边演奏一边灵活地穿梭全场，走遍一排排座席而不漏掉一个音符。

他表现得很棒，可是长老们似乎无意让他进入前九。然而，最后一刻，长相如天使般甜美的阿占终于展现了他真正的天赋。他局促地微微一笑，从口袋里掏出了大把大把的珠宝、钱包、手表和硬币，这些都是他刚才拉奏小提琴时“顺手牵羊”偷来的。茉莉安大为惊讶。他甚至还偷到了奎恩长老的耳环——就从她的耳朵上摸下来了！

被一个梁上君子压过一头，霍桑却好像没有任何不快，反而还挺欣赏阿占的天赋——尽管他自己的驭龙皮手套也在那堆“赃物”之中。阿占把它们一件一件地物归原主。霍桑一边念叨着“他是怎么做到的”，一边笑着检查他的手套，好像能找到什么线索似的。

茉莉安正打算第二十七次回答“我也不知道”“能不能别再问了”，这时，她看见诺艾尔的朋友跟着巴兹·查尔顿走进了竞技场。

“是她。”茉莉安戳了戳霍桑，“惊骇选拔赛时，我们曾在那个院子里见过她，记得吗？哦，她叫什么来着……”

她已经是查尔顿推荐的第八位候选人了，而在这位资助人的战队中，目前只有诺艾尔的表现最好。茉莉安看了看诺艾尔，只见她正以一种空洞、毫无兴趣的眼神看着她的朋友，好像那不过是一位普通的候选人。

霍桑摇摇头："你在说什么？"

"你真的不记得她了？"

"记得谁？"

当巴兹·查尔顿向大家介绍他的候选人卡当斯·布莱克本时，观众席中泛起了不耐其烦、心不在焉的交头接耳声。查尔顿的声音几乎要被观众的交谈声盖住了，可茉莉安却不像别人，她非常专注地看着。

"卡当斯！她的名字。我竟然给忘了。怎么能忘了她呢！"茉莉安说道。可霍桑却耸了耸肩。

"开始吧。"奎恩长老给自己倒了杯茶。其他两位长老也显露出了厌倦的迹象：在一连好几个小时的观看评判之后，他们开始看表，托腮，打哈欠。

巴兹·查尔顿冲着看台顶部的一个小窗口打了个手势。泛光灯暗了，看台一片漆黑，大屏幕上开始播放影片。

# 10 催眠师

大屏幕上闪出了画面。茉莉安认出来了：这是在傲立楼前的花园里，奇迹欢迎式的那天。镜头晃晃悠悠地扫过洒满阳光的草坪，热闹的甜点自助台，而后对准两个人推进：诺艾尔和卡当斯。她们站在一座巨大的绿色果冻雕塑旁边——茉莉安也认出了这个。霍桑站在距离她们几步之外的地方，正准备用蛋糕和点心把盘子堆满。

“俗不可耐。”大屏幕上的诺艾尔说道。她戳了戳果冻，做了个鬼脸：“讨厌死了。谁会在宴会上准备这玩意儿啊？我们又不是在幼儿园。”

“是啊。”卡当斯回答道。她正要去拿那个浅绿色庞然大物旁边的小果冻，却突然改变了主意，转而往盘子里装面包和奶油布丁。“俗不可耐，他们实在太……”

“妈咪会发脾气的，”诺艾尔打断了卡当斯，继续说道，“你能相信吗，他们竟然让咱们自己拿吃的，卡蒂。”

“是……卡当斯。”她的脸沉了一下，“记得吧？”

“你知道奇迹社团雇用了多少个服务生吗？”诺艾尔好像没听到似的，自顾自地说道，“竟然让我们吃自助餐？他们不知道自助餐都是穷人吃的吗？”

卡当斯的眼神一晃，但迅速恢复了原样。“是啊，没错。”她的手原本要去拿公用勺子，这时有些犹豫了。

“算了，别吃了。”诺艾尔把自己的盘子往桌上一扔，抢过卡当斯手里的布丁，把它倒扣在一块看起来很美味的巧克力软糖蛋糕上。随后她气哼哼地走出了大篷，显然希望自己的朋友也跟上。

卡当斯不舍地看了一眼那块被毁掉的布丁，深深地吸了一口气，她猛地转身，脸对脸地撞上了霍桑——他全都偷听到了，正强忍着笑呢。

卡当斯凑向霍桑，用单调、沙哑的声音对他说：“你不觉得有人应该把这绿色的玩意儿倒在她头上吗？”茉莉安记得，在读书选拔赛时，卡当斯曾对那对双胞胎用这个声音讲过话；追逐选拔赛时，她也曾用这个声音和那个社团工作人员讲过话。

影片里的霍桑严肃地点了点头。

茉莉安看了看坐在旁边的霍桑本人，只见他非常困惑。“我不记得这些啊。”他咕哝道。

镜头一转，诺艾尔、卡当斯以及其他几个孩子——包括茉莉安——站在傲立楼前的台阶上。画面的某些地方被绿色的树叶挡住了，于是茉

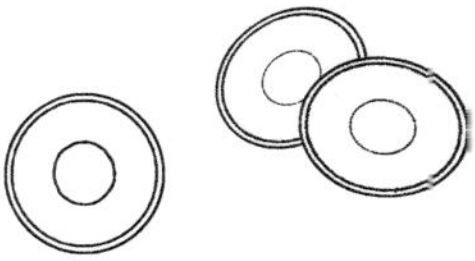

莉安猜测，摄像机——以及拍摄者——当时应该是藏在一棵树后面。

“这就是你的心法？”镜头里的诺艾尔对茉莉安说道，“说大话？”

卡当斯忍不住咯咯大笑起来，不过她笑的并不是诺艾尔的刻薄——茉莉安当时原本是这么以为的。卡当斯不停地向上望，望着霍桑——他手里拿着果冻——所在的那扇窗户。她笑的是即将发生在诺艾尔身上的事。

“我还以为你的心法是身穿破衣烂衫，或者丑得像阴沟里的老鼠呢。”

坐在巨人竞技场看台上的茉莉安觉得自己脸红了。当时被周围的十几个陌生人听到这种话已经够糟了，此时在成百上千人的见证下再听一遍简直无异于折磨。她在座位上渐渐往下滑，恨不得变成隐形人。

正如茉莉安记得的那样，之后的影片随着霍桑扔下果冻的壮丽画面达到了高潮，巨人竞技场里爆发出一阵哄笑。霍桑也咧开嘴冲着茉莉安笑了。

“那可能不是我的主意，但还是很棒啊。”

坐在他们前面几排的诺艾尔盯着大屏幕，不停地摇头，眼睛眯成了一条线。她似乎非常震惊——显然她对于自己所谓的朋友的心法一无所知。

接下来几分钟的影片更加不可思议。卡当斯在一条漂亮的街道上信步闲逛，手里拿着一罐红色的喷漆，边走边往那些完美无瑕的洁白外墙上喷涂脏话和图案。当她被一名身着棕色制服的警察拦下时，整条街都已经被涂得乱七八糟的了。

“马上住手！你在干什么，小混蛋？”

“创作。”她干巴巴地说道。

“哦，创作，是吗？”警察横眉立目地反问道，“在我看来更像是犯罪。也许我该用手铐铐住你！”

“也许你该用手铐铐住你自己。”卡当斯建议道。那个女警察照做了，立刻把手铐套上了自己的手腕，一秒钟都没有犹豫。

“祝您开心，夫人。”随着这句一锤定音、冷酷无情的断语，警察的目光如燕子掠过水面似的掠过了卡当斯，落在了第十二座光滑洁白的前门上——它也洁白不了多久了。

真是不同寻常，卡当斯能让人按她的意愿行事。这不好，茉莉安想，不正派，不诚实，但确实非常离奇。

当茉莉安看见自己又一次登上了大屏幕时，她感到极其不自在。卡当斯的影片展示了追逐选拔赛的全部过程：从狂奔突进、横冲直撞的犀牛，到小芬勇敢的挺身而出，再到那灾难般的一刻——卡当斯说服了比赛工作人员，通过追逐选拔赛的人是她，而不是茉莉安。

不过，影片还展示了更多的东西。那是另外一段全然不同的对话：卡当斯再次让工作人员相信，那头独角兽其实是飞马假扮的。她指着那亮闪闪的银色的角——真正的独角兽天生完美的兽角——说道：“看见了吗？有人把冰激凌蛋筒粘在了它头上。真不敢相信，你们竟然没有早点儿发现，它的翅膀藏起来了。”她指了指独角兽毫无瑕疵的肚子，那儿显然没有任何长翅膀的痕迹。

茉莉安说不出话来了。是卡当斯帮她通过了追逐选拔赛。她窃取了茉莉安的胜利，然后又把晋级名额还给了她——就是那样。为什么？因为她觉得内疚？

一幕接着一幕，上演着操纵和欺骗。在第一场选拔赛中，卡当斯在傲立楼里说服了那对总是击掌的双胞胎，让他们还没开始比赛就先放弃了。她甚至还在参加读书选拔赛时，让黄长老扮成了一只鸡（这画面让全场陷入了疯狂的爆笑，黄长老本人除外）。

最后，虽然三位长老的反应各不相同，观众席中也有很多人不赞同，但结果已经无从更改了。卡当斯·布莱克本不仅拥有心法，而且简直就是天赋异禀。虽然这心法怪异、卑劣，但终归还是天赋异禀。

“第一名！”霍桑喊道。卡当斯的名字在排行榜上亮了，安娜伊被挤到了第二位，霍桑第五，诺艾尔第八。

只剩下三组共十五人还没有出场了。茉莉安已经放弃寻找朱庇特，转而开始寻找逃跑路线。一旦在表演选拔赛上“完成”了失败和丢丑，她得立刻溜之大吉才行。

她没看见福林罗克督察，但是她能肯定，他就在竞技场里的某个地方监视着她。他等着她铸成大错，然后抓住时机，将她绳之以法。

最后一组被叫到了。茉莉安和另外四位候选人一起走下看台，前往竞技场的大门。霍桑原本想跟她一起去，可是那些拿着写字板的工作人员无处不在，把他赶回了座位。

茉莉安只能靠自己了。

她默默地站着，等着前面三位候选人表演。那个头发特别长的女孩儿站在竞技场中，然后——把观众们吓了一大跳——剪掉了自己的头发，一直剪到耳朵上方。但片刻之后，头发就开始自己生长，几分钟的工夫就已经和原来一样长、一样浓密。茉莉安也和其他人一样，大为惊叹，但长老们显然不这么想。朱庇特在从奇迹欢迎式回家的路上曾经预言过，这个女孩儿不会入选。他说中了。她拢起两大堆头发——一堆在地上，一堆在自己的脑袋上——装进了小推车，闷闷不乐地离开了巨人竞技场。

接下来是个芭蕾舞者。没能跻身排行榜。

再接下来是个可以在水下呼吸的男孩儿。也没能入选。

然后就轮到茉莉安了。工作人员在她面前打开了竞技场的大门。

她可以离开啊。这个念头像闪电似的一闪而过——她可以转身，逃跑。想避免丢脸（以及随之而来的被驱逐出永泊镇和无可逃避的死亡），这是最后的办法了。她可以这么做吧，可以在这辈子迄今为止最糟的一刻来临前放自己一马吧——只要转身逃跑就行了。

现在就跑吧，她想，逃跑吧。

“准备好了？”

有人在她耳边轻语。有人紧握住她的肩膀。她抬头看了看。

一头可笑的黄头发。一双闪亮的蓝眼睛。一道狡黠的目光。

“好了。”她犹犹豫豫地说道，而后又急匆匆地、绝望地、孤注一掷地想要抢在竞技场内的观众之前知道答案，“是什么，朱庇特，我的心法是什么？”

“哦，这个嘛，”他很精明地眨了眨眼，仿佛这是世界上最最不重要的问题，“你没有心法啊。”

然后他就迈着坚定的步子走向了竞技场，期待着她跟上。

“朱庇特·诺斯队长推荐，来自永泊镇的茉莉安·克罗。”

# II
# 胜之不武

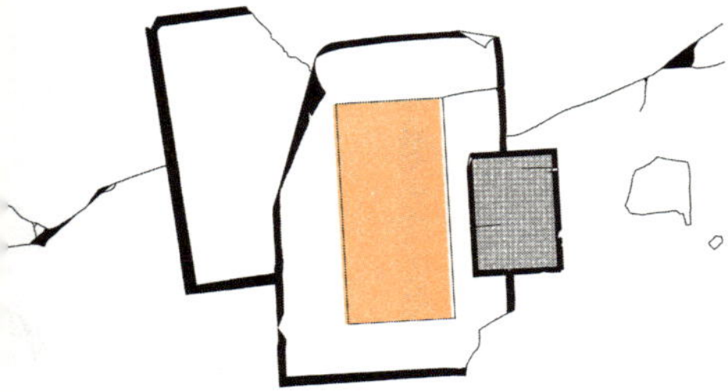

朱庇特一走进场地，整个巨人竞技场的气氛就全变了。观众们坐直了身子，心不在焉的嗡嗡聊天声也变成了窃窃私语。奇迹社团最有名望的家伙终于选了一个候选人！他们热烈地期待着，都想看看这个女孩儿究竟有什么心法，竟然能赢得了不起的朱庇特的青睐。

茉莉安的感觉也很强烈，但并不是出于好奇。

她强烈地渴望逃离，渴望藏匿，强烈地希望竞技场的地面像火山一样爆发开裂，把这一切都吞没在熔岩之中。她的心脏在胸腔里剧烈地跳着，仿佛带着攻击的意味。

不是攻击什么东西，或什么人。

朱庇特怎么能这样对她？这整整一年，茉莉安都很信任他，笃定地相信不论自己有什么样神奇的心法，这位资助人肯定心里有数。他一直跟她说不要担心，一切都尽在他的掌握之中……可是现在，他却抛弃了她。

她没有心法。原来，她自己一直都没想错。

愤怒的泪水刺痛了她的眼睛，就要喷涌而出。他怎么能这么做！

“我能走近说几句吗？”朱庇特询问长老们。茺莉安知道，长老们坐在这儿，已经观看了将近一百出表演，这种请求确实有些奇怪。不过奎恩长老还是招招手，让朱庇特过去。

当朱庇特小声地和长老们交谈时，茉莉安孤零零地站在静悄悄的竞技场中央。她环顾四周，只见看台上尽是好奇的面孔。她想象着，当他们发现来自永泊镇的茉莉安根本没有心法，发现这只是一场笑话时，会发出怎样的爆笑。也许，他们根本不会笑，他们会因为被朱庇特浪费了时间而感到愤怒。

但也不会像我一样愤怒，茉莉安想道。

这时，朱庇特做了一件非常奇怪的事。

他分别抓住奎恩长老、黄长老和萨加长老的肩膀，一个一个地和他们额头相抵。这怪异的动作让长老们茫然错愕、惊奇讶异，而后他们又沉默震惊地凝视了茉莉安好一阵子。

然后，茉莉安的名字直接跃上了排行榜的第一位。

巨人竞技场内一片哗然。人们站起来，冲着长老们大喊大叫，要求他们为这疯狂的结果做出解释，要求茉莉安·克罗这个可怜的外来客展示她的心法。

茉莉安自己也呆住了，忘了要跟朱庇特讨个说法。她一动不动地站在原地，任由愤怒的狂潮奔涌而来。

徇私、欺骗的吼叫骂声在竞技场里此起彼伏。茉莉安看见

巴兹·查尔顿三级三级地跑下看台，不可置信地大叫着。茉莉安视线所及之处，全是瞪着她的目光。她在人群中搜索着霍桑的身影，想知道他是不是也很生气。她的朋友也会认为她是个骗子吗？

朱庇特大跨步地走回来，拉起她的手，带着她快步穿过了竞技场的后门。

“来吧，小茉。让那群蛮横的家伙自己蛮横去吧。”

谢天谢地，竞技场后台的休息室里没有别人。这儿只有一张长椅，一盘看起来不怎么好吃的三明治，还有一壶颜色苍白的柠檬水。墙上到处都贴着巨人角斗和驭龙锦标赛的海报，背景音乐是平和的排箫曲子。

这间屋子里只有一个服务员，这个年轻的小伙子穿着巨人竞技场的制服，看起来也是个半巨人（因为他的指关节拖在地面上）。他们一进屋，他就捧着托盘咕哝道：“要三明治吗？”

“不了，谢谢。”朱庇特说。茉莉安也摇了摇头。半巨人只好恹恹地离开了。

茉莉安深吸了一口气，双手攥成了拳头，思索着应该如何用正确的词汇来表达自己的愤怒。而这时，朱庇特先开口了：“我知道，我知道。对不起。小茉，真的。我非常非常抱歉。我知道这有多让人困惑。”他的眼神里满是懊悔，声音里充满了让步的意味，防御性的手势好像在说：别伤害我，别开枪！“但是请听我说。事情正在变得更加混乱，现在也没时间跟你好好解释。不过我发誓……发誓，等这一切都过去了，我会回答你的一切问题，会解释所有让你苦恼的细节。我需要你更有耐心，需要你信任我，哪怕你觉得我根本不值得信任也好。但是再等一阵子好吗？”

茉莉安想冲他大叫，想说“不”——不，当然不好，一点儿都不好，但她说不出口。她反而用自己的小手指硬是钩住了朱庇特的：“一切问题。所有细节。拉钩。”

“拉钩。”

几秒钟后，门开了，长老们走了进来。他们的神色一本正经，情绪毫无波动，斗篷飘扬在身后，翻领处都别着金色的W形别针。

“你知道这事多久了？”奎恩长老问，“显然在阑夜期终结夜前就知道了，但是有多久？几天？几个星期？几年？”

朱庇特举起双手：“奎恩长老，我明白你有多惊讶，不过……”

“惊讶？惊讶？”当这位小老太太拉开架势，用手指着朱庇特开骂时，她的身形简直高大了三倍。茉莉安都想为她欢呼了：给他点儿颜色看看吧，老夫人！“朱庇特·阿曼提乌斯·诺斯，我教过你的资助人，教过你资助人的资助人！你十一岁时我就认识你了，无数次地帮你免于被除名，我甚至推荐你加入了探险家联盟，而你就这么报答我？”

“请原谅，可是就算告诉你又能怎样呢？”朱庇特将一只手插进头发里，略带畏怯地看着老夫人在他面前愤怒地踱步，“你能做什么呢？能改变什么吗？”

奎恩长老停住了，怒道：“好吧，不能。当然了，不能。但哪怕是一点儿警示也好啊！我已经是个老太太了，诺斯，你差点儿让我犯心脏病！”

心脏病？茉莉安看了看朱庇特：他到底跟长老们说了什么，效果竟然这么惊人？

他露出一副内疚的模样：“对不起，奎恩长老。我只是不想让这事儿出岔子，我不知道要是……我是说，我也不太确定……”他的声音低了下去，无助地耸耸肩膀，“我以前从来也没干过这种事啊。”

“从什么时候开始的？”黄长老盯着茉莉安问道。

“确切时间很难讲了，”朱庇特说，“一年或两年前？可能是第十年冬季，或第十一年春天？为了获得情报，我贿赂了那些在克罗家工作的人——家庭教师，清洁工，诸如此类。难题是，他们全都很迷信，想从那些愚蠢的故事里分析出关于奇迹能的实际情况实在是太难了。厨娘甚至相信，茉莉安冲着园丁打了个喷嚏就把他杀死了。简直荒谬。”

“其他人在哪儿？”奎恩长老问。

“其他人？”朱庇特惊讶地看着她。

长老扬起眉毛：“你知道我问的是什么，诺斯。”

“好吧，其他人。”朱庇特清了清嗓子，“是的，登记在案的有三个。”

“他们……”

“没有任何迹象。”朱庇特肯定地说，“不值得追踪。”

茉莉安皱起眉头：登记在案的其他三个？他指的是另外三个被列入被诅咒儿童名单的小孩儿吗？他只救了她，而那三个小孩儿被丢给了烟与影的追猎者，是因为他们“不值得追踪”？她不愿意相信这些。

“那么，除了那些迷信的家庭间谍，诺斯，”黄长老问，“还有其他确凿的证据吗？”

“根据冬洋新闻网的报道，闪南邦和东歌邦的奇迹能短缺现象出现于十八个月之前。然而，自第十年冬季至第十一年冬季，茉莉安的故乡仍能检测到较高的奇迹能密度，直至阑夜期，豺镇的数据才出现了剧烈下跌。”他顿了顿，眼神扫过茉莉安，“确切地说，是阑夜期终结夜，九点钟左右。”

就在那时你救了我一命，茉莉安想道，我们穿过量天钟，逃离了豺镇。奇迹能的短缺和她有什么关系呢？

“你到底是以什么名义把她带到自由邦的？”奎恩长老问，而后又改变了主意，“等等，别说了。我不想知道。肯定是非法的。”

朱庇特抿着嘴唇，重重地从鼻子里喘着气。“很抱歉，我没有告诉你，奎恩长老。确实如此。正如我刚才所说，我很怕此举会搞坏整件事——我知道这很蠢，很迷信，就像克罗家的厨娘一样，但我担心大肆宣扬此事会……吓跑它。”

“哼，要真是那样没准儿倒好了。”萨加长老（那头毛茸茸的公牛）嘀咕道。奎恩长老用严厉的目光打断了他。自打这场谈话开始，茉莉安就咬住舌头，免得内心翻腾的几千个问题一股脑儿全跑出来。

“所以我没告诉任何人，”朱庇特看着地面，“包括茉莉安自己。”

长老们沉默了。奎恩长老非常震惊地把目光从朱庇特转向了茉莉安，然后又看向了朱庇特：“你的意思该不会是……你是说这孩子什么都不知道？”

“是啊，诺斯，这是不可接受的，完全与社团规则相悖。”萨加长老气鼓鼓地说，“你竟然在这孩子不知前因后果的情况下带她参加选拔赛，简直闻所未闻！要是你的资助人在这儿……”

“担保协议呢？”黄长老插嘴道，“我们刚刚准许了一个危险的个体加入社团，却没人想到要考虑一下担保协议。”

“我不危险。”茉莉安反对道。可这时，她脑海里却有个小小的声音在说：不，你是危险的。你是被诅咒的。长老们谈论的是这个吗？之前几个月，朱庇特一直告诉她没有诅咒这回事啊。难道这也是在撒谎吗？

“哦，这太荒谬了。格蕾戈利亚、艾里奥斯，我们是不是疯了？我们都干了些什么啊？”黄长老扬起双手说，“整个境域里没有一个人愿意签署这样的协议啊，更不用说协议需要三个声誉良好、为人正直的……”

“三个？”萨加长老吼道，“老天，不行。三人签署的担保协议仅适用于那些飓风魔术师、催眠师，或者其他危险性一般的个体。眼下这种情况，我建议五人共同签署。”

危险的个体。茉莉安真希望他们别再这么说了。

“九个。”奎恩长老说道。萨加长老和黄长老吃惊地看着她。“没有商量的余地，诺斯。少于九人签署的协议我们是不会接受的。对于一个……”她自己住了口，焦躁地瞥了一眼茉莉安，“对于这种情况，不行。”

“我们得把她的名字从排行榜上去掉，”黄长老说，“他根本弄不来九个签名。”

“我已经有七个了。”

长老们大吃一惊。朱庇特从外套口袋里掏出一个小纸卷递了过去。茉莉安本想偷看一眼，可他的动作太快了。

奎恩长老一边看着纸卷，一边扬起了眉毛：“西弗贝克议员？卡尔王后？你在上层人物中还有这些朋友啊。那么，他们也不知道……”

“他们知道这件事该引起充分的警惕。”朱庇特说。茉莉安觉得自己从他的声音里抓住一丝丝的怀疑。“但是……没有，没有那么具体。”

“那他们已经见过这孩子了吧？”

“他们会见到的，”朱庇特向她承诺道，“很快。我保证。”

“他们可真信任你啊。至少，这些人是够资格的。”奎恩长老说着，用手指一个个地划过名字。

“什么资格？”茉莉安再也无法保持沉默了。不过，就算这些大人听见了她的话，他们也没理她。

萨加长老对朱庇特说：“这些全都无关紧要，诺斯，你得弄到第八和第九个签名才行。”

朱庇特叹了口气，抓了抓后脖颈。“我尽力了，相信我。这就是我今天来迟了的原因。我本来能搞定第八个的，可还是没能成功。要是多给我几天时间就……”

“我会签署协议的。”奎恩长老说道，另外两位则警惕地看着她，“这并不违反规定。”

“这可是非同寻常啊，格蕾戈利亚，”黄长老说，“你确定要这么做？”

“非常确定。”她从斗篷的褶缝里抽出一支钢笔，飞快地在纸卷底部签上了自己的名字，“至少，签名的这些人里总得有一个人知道整件事的情况。今晚把副本给我送来，诺斯。”

朱庇特没有立刻回答，因为他震惊得合不上嘴了。“我……谢……谢谢你，奎恩长老。真的，谢谢你。你不会后悔的，我保证。”

奎恩长老深深一叹：“这一点我很是怀疑，亲爱的。不过，我们只能等到宣誓日当天。如果那时你还是没能找到第九位签名者，那我们就只能取消茉莉安·克罗在919团的名额了。

这已是尽我所能了。”

迷宫般的厅室里张贴着旧海报和巨人角斗士的照片，他们穿梭其间，离开巨人竞技场。茉莉安得要很努力才能跟上朱庇特焦急的步子。

“小茉，我要把你和杰克送回丢卡利翁，和小芬待在一起。”他走在前面，距离茉莉安三四步，“我得去想办法找到最后一个签名者。可选人不多了，还有一个线索可以用，但是风险很大，我需要……”

“但是你答应过要告诉我……”

“我知道我答应过你，我也会告诉你的，但是……”

“他们在那儿！找到了！”

巴兹·查尔顿咣咣咣地从走廊里冲过来，后面跟着傲慢、愤怒的诺艾尔·德弗罗，一脸不耐烦的卡当斯·布莱克本，还有全永泊镇最为刚愎自用的小胡子督察福林罗克。而他们身后至少有十几个身穿棕色制服的“臭警察”。

“你们作弊！”查尔顿指着朱庇特喊道，他气得浑身发抖，“把这些人全抓起来，督察！这比赛有幕后交易！到底怎么回事，嗯？你到底跟长老们说了什么？施了魔法吗？”

朱庇特想要挤过去：“现在不行，巴兹，我没空跟你胡扯。”

“哦，是啊，你可得抽空跟我扯一扯了！”查尔顿挪了一步挡住他，“也许你能唬住长老们，诺斯，但你可骗不了我。你们两个窃取了我的候选人诺艾尔的合法名额。”他愤怒地对着茉莉安指指点点。茉莉安却很吃惊——之前她看到诺艾尔的名字在排行榜上位列第九啊。一定是最后登场的候选人把她踢出局了。茉莉安忍住了笑意。“这个黑眼睛的小家伙不能加入社团，我这就去跟长老们说，她是个……”

“是个非法移民。”福林罗克督察插口道。说着他提了提裤子，胸脯起伏，大喘着气。他回头看了看自己的手下，确保他们没有走神。让他出风头的一刻终于来了，他得尽情享受才行。“非法入境，并被犯罪分子窝藏于非法收容地。”

朱庇特好像很开心似的：“还从来没人称我为‘犯罪分子’呢。真刺激。”

“闭嘴。”福林罗克厉声说道。他从夹克里掏出一张纸，举起来给众人看。“我持有授权令。现在，我要求你出示确凿、有形的证据，证明她的真实身份，证明她确是自由邦公民，而不是利用我们好心的非法移民，或者更甚——冬洋党派来的间谍。”

“得了吧，小福，真够尴尬的。”朱庇特不耐烦地说道，“我已经告诉过你了，奇迹社团成员不在你的管辖范围之内。你若一意孤行可是会降级的，伙计。”

“你说得没错，伙计，但现在选拔赛已经结束了。”福林罗克看起来相当得意，他又拿出一张纸，“你该好好重温一下《奇迹法律手册》了，诺斯。第九十七条，第H款：获胜候选人在宣誓日典礼获得其金别针之前，尚不属于奇迹社团正式成员。如高级长老院认为确有必要或合理，其临时成员资格可不经任何程序予以撤销。”

朱庇特叹了口气，摇头道：“我们已经讨论过了啊，督察。第九十七条，第F款：参加奇迹社团选拔赛的儿童，自参加选拔赛起，至淘汰出赛止……”

福林罗克放开嗓门儿压过朱庇特说：“‘自参加选拔赛起’，诺斯，选拔赛已经结束了。排行榜上已经满额，长老们也都回家了。”

“而现在距离宣誓日典礼还有好几个星期呢。”查尔顿已经藏不住他的狞笑了。

“我认为这一条非常适用于你那个小偷渡客，而这恰恰在我的管辖范围之内。”福林罗克总结陈词道。他的眼睛里冒出了狂躁的光，小胡子也抖了起来。他伸出手说：“我现在就要看看那些证件，诺斯队长。”

朱庇特没说话。茉莉安看得出，他正在权衡考虑，计算着警察的数量，搜索着撤离的路线。沉默蔓延着，而福林罗克就这样一直伸着手，耐心地等待着，胜利的光芒照亮了他骇人的脸。

茉莉安紧贴在墙壁上，完全绝望了。她就快要成功了——就差一点点了。可现在，一切都结束了。她会死掉，她的那些问题也得不到答案了。她闭上眼睛，等着被铐上手铐，被带走。

“给你。”

卡当斯·布莱克本的声音回荡在走廊里。茉莉安偷偷睁开一只眼睛，看见她拿着一张掉了一角的破纸，伸到了福林罗克督察的鼻子底下。

“这是什么？”福林罗克困惑不已，“我在看什么东西啊？”

那是一张巨人角斗士的旧海报，广告词写的是克洛弗罗根的奥格与呼格罗格福特的毛克－洛克之间的“超级血腥之战”。奥格和毛克－洛克是两个长得特别难看的洞穴巨人，他们互相咆哮着，海报上还用花花绿绿的字写着“啤酒买一送一”“令人惊艳的半场秀”以及“凡有巨人血统者可免费入场”等字样。

“这是她的证件。”卡当斯用低沉、平直的声音说道，“看见了吗？这上面写着呢：茉莉安·克罗是自由邦公民。”

福林罗克昏昏沉沉地晃了晃头，像是要甩掉入侵脑袋的什么东西似的。“这是……什么？从哪儿弄……”

“就在那儿。”卡当斯坚持道。她甚至都没有指向某个东西，只是干巴巴地说道：“这上面写着：‘茉莉安·克罗是自由邦公民，不是非法移民。’所以你何不就此罢手呢？我们也好去忙各自的事儿了。这上面还有政府的公章。”

巴兹·查尔顿从她手里抢过那张纸：“让我看看。”

诺艾尔和福林罗克围了过去，三个脑袋凑在一起，研究着奥格和毛克－洛克长满麻子、流着口水的脸。

巴兹皱起眉头，不停地眨巴眼睛：“这不是……这些都不是……这是巨人角斗……”

“不，这是，”卡当斯说，“这是护照，是茉莉安·克罗在自由邦的护照。”

“这不是，这是……是巨人……是……是茉莉安·克罗在自由邦的护照。”他眼神呆滞地重复道。

“一切都很正常。”卡当斯说，她像蜜蜂似的发出那种嗡嗡低鸣的声音，“所以你们该走了。”

“一切都很正常。”福林罗克一字不漏地说，“所以我们该走了。”

他把海报扔到地上，大跨步地沿着走廊走了，巴兹和诺艾尔一声不吭地跟在后面。永泊镇警察局的警员们一时间茫然若失，完全不明白事情的走向怎么突然就变了。不过他们还是服从命令，跟着长官离开了。

卡当斯转向茉莉安：“你欠我一个人情。”

“你为什么要帮我？”

“因为……”卡当斯犹豫了一下，“因为我讨厌诺艾尔。虽然我也不怎么喜欢你，但我真的很讨厌诺艾尔。而且还因为……”她的声音平和了，“你记得我，不是吗？追逐选拔赛时你就记得我了。”

“你差点儿让我出局。”

“还有万圣节之夜。你也记得，对吗？”

茉莉安不太高兴：“你把我推进池塘里，这可不是我愿意忘的……”

“没有人记得我。”卡当斯打断了她，急匆匆地说道。她有些怪异地看着茉莉安："没有人会记得催眠师，这是关键所在。可你却记得。"她瞥了一眼走廊，说道："我得走了。"不等茉莉安反应过来该说什么，她就跑着去追她的资助人，转过一个弯不见了。

"真是个古怪的女孩儿，"朱庇特盯着卡当斯的背影，困惑地皱着眉头，"她是谁啊？"

"卡当斯·布莱克本。"茉莉安捡起那张扔在地上的海报，叠了叠，塞进了自己的口袋，"她的确很古怪啊。"

"嗯？"朱庇特仿佛突然从沉思中惊醒，重新看向茉莉安。

"我说她的确很古怪。"

"谁古怪？"

"卡当斯。"

"谁是卡当斯？"

茉莉安叹了口气："不是开玩笑吧你？没什么，算了。"

# 12
# 战役街

在奇迹枢纽的战役街站口，朱庇特找到了不情不愿的芬内斯塔。她要把茉莉安、杰克和霍桑接回丢卡利翁大饭店，这样朱庇特就可以继续去办关于担保协议的机密事宜——谁知道那到底是什么。

“别让他们离开你的视线。”这已经是朱庇特第无数次嘱咐小芬了。他从售票处那里转过身：“不要绕路，不要走神，直接回家，回饭店，路上不要东游西逛，不要延迟耽搁，诸如此类的都不行，明白了吗？”

小芬翻了个白眼：“哦，可是我想半路停下来买冰激凌和小狗。”

“芬内斯塔……”朱庇特警告地说。

“好吧好吧，别激动。”

他转向茉莉安、霍桑和杰克：“好了，你们三个，这儿人很多，紧紧地跟着小芬，别走散了。小芬，最好乘高峰线到魔女门，然后换乘百年线，到河中岛那站，就可以乘伞轨车直接回到石蛾巷了。你们都带伞了吧？”

孩子们都点了点头。

“可是维京线可以直接到河中岛站。”小芬说。

朱庇特摇摇头：“售票处的小伙子说，维京部落袭击了一条隧道，所以列车晚点了。他们得花上好几小时才能解决乱子呢。”

“那就乘高峰线吧，”小芬同意了，“你们三个，来吧。”

他们挤进了繁忙的车站，推推搡搡地通过了一字转门。小芬的个头太大了，普通通道她过不去，于是就从门顶跳过去了。生气的检票员想要阻止她，可是她嗞嗞一叫，检票员就立刻不敢管闲事了。

他们穿过隧道，上下楼梯，霍桑一直回过头看着茉莉安，想要问问她选拔赛到底怎么回事，可车站里太吵了。茉莉安和他目光相接，耸耸肩，用唇语说了一句“我也不知道”。

终于到了月台上，小芬像拨开地里的麦穗那样把通勤的乘客向两边推开，自己挤到了最前面的黄线边。霍桑、茉莉安和杰克只好抓着她的毛，一边左推右撞，努力跟上，一边不停地跟别人道歉。

“慢点儿，小芬，”杰克说，“你都要踩到别人了。”

“如果人们挡在我的路上，那他们就活该被踩。”华姿猫不高兴地嚷嚷道，“这一整天都荒唐得要命，现在还得在挤死人的奇迹枢纽里守着你们仨，我就得这么办。今天丢卡利翁都乱成一锅粥了，人们来来去去，吵吵闹闹。南座的电线出了问题，找了电工，凯吉瑞还把那些驱鬼人又弄来了。”

“驱鬼人！”霍桑很兴奋。

“我还以为他们已经把幽灵赶走了呢。”茉莉安说，“他们夏天来过，记得吧？他们当时作法驱赶了呢。”

“尽管他们挥舞鼠尾草的姿势一流，”小芬嘲讽道，“那个身份不明的人却还是在南座阴魂不散，神出鬼没地吓唬人，穿墙而过，或是在角落里凭空消失什么的。员工们甚至还给他起了个可笑的名字——哦，叫什么来着？”

“我没见过什么身份不明的人啊。”茉莉安说。

“当然了，你又不会去南座，那该死的装修还在继续呢。”小芬说。茉莉安有点儿内疚地看了看霍桑和杰克，没说什么。影子逃跑那天夜里的事，他们还没告诉过别人呢。“是建筑工一直抱怨，说听见他在隔壁出没，可冲过去一探究竟时，他却消失在虚空线路了。”

“他们听见他干什么了？”

“唱歌，或者说——嗯，哼哼。他们就这么叫他，哼歌人。荒谬。”

茉莉安突然一个激灵，好似一脚踏空了台阶。身份不明的人，哼歌人，在南座穿墙而过，消失在虚空线路，像幽灵一般。

她立刻明白以斯拉·斯考尔是怎么进入永泊镇的了。这就好像她脑袋里的电灯开关突然打开了，她也看清了一切。

“虚空线路！”她叫道。

“什么？”霍桑问。

“虚空线路。他就是这么办到的，他就是这么进入永泊镇的。”她说。

“谁进入永泊镇了？”杰克问，“你在说什么呢？”

“琼斯先生——以斯拉·斯考尔——他就是那个身份不明的人，哼歌的人！这就是人们把他当成幽灵的原因——他是通过虚空线路来的，他可以穿墙而过！”

但她的话被刺耳的汽笛声和蒸汽机的轰鸣声掩盖住了。列车进站了。小芬闷闷不乐地左推右挡，把茉莉安和两个男孩儿弄进了一号车厢。他们完全不用为抢座位发愁，因为其他乘客都挤在了车厢另一边，远远地躲着这只长着琥珀色大眼睛的华姿猫。

他们一坐好，小芬就凑过来，把她灰色的大脑袋挤到他们中间。“奇迹枢纽这么多人，你要留意自己说的话，”她生气地说，“虚空线路是应该绝对保密的。”

“可是以斯拉·斯考尔在坐啊。”茉莉安小声说道。她回过头看了看，确保没有别人偷听。“我们必须得告诉朱庇特。没有什么幽灵，小芬，那是以斯拉·斯考尔——他就是那个身份不明的人！”

“以斯拉·斯考尔？”小芬的声音更低了，“奇迹锻工以斯拉·斯考尔？不可能。他很久很久以前就被驱逐出永泊镇了。”

“怎么不可能！我亲眼见过他！吊灯掉下来那天，他就在大堂；夏天的时候，我还在南座跟他说过话……”

“你去南座干什么？”小芬问。

“……万圣节时他还来看黑暗游行了。”

“是真的，”霍桑热心地点着头说，“我也看见了。”

“钱达夫人给我看了一张画像，画的是斯考尔很久以前的模样，那就是他，小芬——他还是那个样子，一点儿都没有变老！他就是这样绕过封锁的，把身体留在外面。边防警卫、陆军、皇家巫术委员会，他们全都没能察觉，他就飘浮在永泊镇，因为确切地说他的确一直也没来过。”

“如果真是这样，”杰克眉头深锁地说，“如果那真的是奇迹锻工，如果他真的是通过虚空线路进入永泊镇的，那么……是为了什么呢？”他警觉地看向茉莉安，“他想干什么？”

“也许他是想找到弱点，”霍桑说，“杀回永泊镇的突破点。”他意味深长地看着茉莉安，无声地鼓励她把斯考尔的投标函一事告诉他们。他是对的，茉莉安想。她必须得把这件事告诉某个人——谁知道朱庇特什么时候能回来？

“小芬，我知道那是……”茉莉安平静地开口了，可华姿猫却打断了她。

“全是废话！就算他真的坐过虚空线路，他也伤害不了任何人。他碰不到别人。在虚空里是不可能有物理接触的。”

“小芬，你听我说，”茉莉安说，“我知道斯考尔想要……”

“他可是奇迹锻工，小芬，”杰克插嘴道，“很多别人办不了的事，他都是能办到的。”

“我告诉过你们，那是不可能的。”

“小芬，听我说！”茉莉安叫道。

突然，车顶的电灯闪了起来，列车慢慢地停住了。乘客们全都抱怨起来。

“怎么停了，爸爸？”车厢中部的一个小男孩儿问道，“为什么不开门？”

“只不过又是延迟罢了，儿子。”父亲像个经验丰富的通勤者那样无奈地叹了口气，“轨道上有老鼠，或是别的什么事。”

电灯又开始闪烁，先是渐渐灭了，车厢里一片黑暗，但紧接着又勉强地亮了。在电流的啸叫声之后，列车广播响了：“晚上好，女士们、先生们。前方似乎发生了信号干扰，列车很快就会继续运行。感谢您的耐心。”

电灯第三次闪了起来，座位开始震动，扶手开始摇晃。

茉莉安环顾四周——别人好像都没发觉——她听见隧道里在隆隆作响，于是连忙跑到车厢尾部，把耳朵贴在车壁上。

“你到底在干什么？”小芬问。

“你们听不见吗？”

“听见什么？”霍桑问。

“有声音……就像是……”

马蹄声。就像是马蹄踩踏着奇迹枢纽的轨道，回声激荡在隧道中。随后是一匹马尖厉的嘶鸣，猎犬的吠叫。还有枪支射击的声音。

茉莉安踉跄着往后退，跌倒在座位上。“快跑！”她大叫，“大家快往后退！它们来了！”

车厢里挤得满满当当，而且正停在隧道中间，哪有地方可退。茉莉安看着四周拥挤的乘客，只看到十几张困惑不明的脸，包括霍桑、芬内斯塔和杰克。他们全都忧心忡忡。

“茉莉安，你在说什么？”霍桑问道。可他的声音听起来非常遥远，几乎被烟与影的追猎者的喧嚣声遮住了。“我听不见了……”她说。

突然，她的周围只有浓烟，旋转的黑影和浓烟裹挟着她，满满地冲进了她的肺。她升上半空，双脚在身下乱晃，她被追猎者俘获了，得胜的欢呼声震耳欲聋。她紧紧地攥着她的黑色油布雨伞，仿佛这样就能把她固定在地面上似的。

茉莉安从来没有去过海边，从来没有真正见过海洋，但是这，她想，这应该就是被淹没的感觉——被猛烈巨浪卷走，上下翻滚，直到一切都消失了，只有黑暗和阴翳，无尽的黑暗、黑暗、黑暗……

# 13

# 师父与学徒

茉莉安在空荡荡的月台上醒来。她小声地呻吟着，试着在冰冷坚硬的水泥地面上坐起来。身子的一侧很疼，胃里翻腾得难受。

她眨眨眼睛，渐渐看清了四周，认出了贴在墙上的那些旧海报和广告招贴——这是虚空线路的月台。她捡起油布雨伞，踉跄着站起身来，这时，她发觉了一件不太让人相信的事：这里还有别人。

月台上，四十米之外，木头长凳上坐着一个人。是琼斯先生。

不，茉莉安想，不是琼斯先生。是以斯拉·斯考尔。是奇迹锻工。

他凝视着隧道中的轨道，沉浸在思绪中，哼着那诡异的小调，听起来像是一首儿歌，可不知哪里有些不对劲。

茉莉安的心脏越跳越快。

她听见一声低声咆哮，一缕黑烟从隧道口冒了出来，红色的亮点穿透黑暗闪烁着。尖锐的嘶鸣划破空气，茉莉安一下子跳了起来：烟与影的追猎者，正耐心地在黑暗中等待着……等待着什么？等着它们的主人奇迹锻工下令吗？

只有一条路通向外面。

茉莉安沿着月台慢慢地走，脚步声发出回音。以斯拉·斯考尔令人不安地一动不动，仍然哼着调子，仍然盯着墙壁。

如果能从他身边走过去，茉莉安想，也许就能逃出生天——在虚空线路迷宫般的楼梯里和秘密通道里不停地往上跑，往上跑，直到遇见某个永泊镇交通管理局的官员，或是一大群和善的乘客，或是一直跑回到明亮、喧闹、安全的永泊镇的星期六之夜。

她又试探着走了一步，又一步。

“小乌鸦，小乌鸦，黑黑的眼睛像纽扣。”斯考尔轻柔地唱着，一丝微笑攀上了他的脸，细小、迟缓，但那笑意始终没有蔓延到眼睛里。

“猛冲下，向草地，草里藏满了小兔子。”

茉莉安停住了。她以前听过这首歌吗？也许在幼儿园里听过，在因为诅咒被赶出去之前。斯考尔的声音又高又清亮，柔情蜜意里包藏着邪恶。

“小兔子，小兔子，好好待在妈妈身边。”他转过身，看着她。这时，墙壁上贴着的绿色和白色的瓷砖仿佛接受了无声的命令，一块一块地变成了油黑色。

“要不然，小乌鸦，就要啄出你的眼珠子。”

他唱完了，可那骇人的笑意还在。“克罗小姐，你看起来像是恍然大悟了。”

茉莉安一言不发。

“说说吧，”他催促道，声音小得犹如耳语，“让我看看你到底有多聪明。”

“你……你是以斯拉·斯考尔，”她说，“你是奇迹锻工。根本没有什么琼斯先生，那全都是谎言。”

“不错，”他点点头，“很好。还有呢？”

茉莉安咽了口唾沫：“勇气广场大屠杀……是你干的。是你杀了那些人。”

他微微地偏了偏头：“真内疚。还有呢？”

“是你派烟与影的追猎者来追我的。”月台上的灯闪烁起来，黑烟从隧道里一缕一缕地冒出来，在墙壁和屋顶上卷曲盘桓，挡住了光亮。茉莉安不停发抖，她觉得自己就要被那些黑暗吞掉了。

“对。追踪你和其他不幸出生于阑夜期终结夜的小孩儿。这注定是一种仁慈。”

“仁慈？”茉莉安说，“你明明是想设法杀了我！”

他闭上眼睛，好像很失望似的：“不，我从来不设法杀人，克罗小姐。我直接杀掉他们就好。你可能意识到自己还活着，不过我向你保证，这并非是因为你那位诺斯队长的大胆营救，而是因为我想让你活着。”

“骗子！”

“我是骗子，没错。但并不总是说谎，尤其是这种时候。”他从木凳上站起来，走近了几步，“你只说对了一半。我派追猎者追踪你，却不是为了杀掉你。”

那些烟黑色的猎犬一听到自己的名字就从隧道里涌了出来，潜伏于地面，后面还跟着一大群骑在马背上的猎手。它们缓慢地移动着，犹如在梦境中一般，等待着进攻的号令。

茱莉安往后退了退。

“别跑。”斯考尔警告她，“它们就喜欢逃跑的小孩儿。”

她呆住了，视线无法从那些追猎者身上移开。她的脉搏跳动着，轻轻敲击的力度一直蔓延到了手指尖。

“很吓人，我同意。”他说着回过头看了一眼，“它们算是我的杰作之一，是完美的杀戮机器——残忍，冷漠，无可阻挡。相信我吧，克罗小姐，如果我曾命令它们杀死你，那么你绝不会活过阑夜期终结夜。那样的话你只能变成一堆骸骨灰烬，什么也不是了。我给它们的命令不是杀戮，而是牧守。”

他笑了。茱莉安的脖子上起了一层鸡皮疙瘩。就在这一刻，电光石火的一刻，她发誓在他脸上看见了奇迹锻工的影子：黑眼睛，黑嘴巴，锋利外露的牙齿。那张空洞的面孔既不属于人，也不属于怪物，而是茱莉安不敢想象的某种东西。

“它们第一次失败了，当然，让那个讨厌的黄头发家伙用他那只荒唐的机械蜘蛛把你拐走了。不过，我总算发现了虚空线路的漏洞，那时我就知道，它们不会再次失手。这花了将近一年的时间，还造成了奇迹枢纽的一两次小事故。”

“那是你干的。”茉莉安的声音颤抖着，“那些脱轨事故。人们一直说那可能是奇迹锻工干的，他们没说错。是你杀了那两个人！”

“试错法而已。”他耸了耸肩说，“这都是为了把你围住，像赶拢迷途的羊羔一样。现在，小羊羔，该回家了。”

他转向她，伸出了手。远处，列车在呼啸。

茉莉安再次向后退了一步：“我不会跟你去任何地方。”

“这我就得保留意见了。”

茉莉安听见引擎加速的声音，隧道深处亮起金银色相间的光。这道光越来越亮，刺向烟与影的追猎者组成的那道黑色的墙，直至完全将其刺穿，冲破，变得闪闪发亮，光芒四射。太美丽了，也太骇人了，让人不敢去看。

追猎者分散开来，没入清冷的空气中，而后再次出现在月台上。它们像龙卷风一般裹挟着茉莉安，油布雨伞从她的手中掉落。它们一圈圈地绕着她盘旋，用烟与影的黑色绳索绑住了她，拖拽着她深深地浸入了虚空列车的耀目金光。

汽笛长鸣，列车开动了。

空气里弥漫着一种寒意，哪怕是在虚空中，茉莉安也能感受到。克罗庄园外面很冷，草坪上覆盖着一层寒霜，高高的铁栅栏后面，房屋的黑色轮廓映衬着渐暗的天空。

斯考尔向前一步，狂热而期待地盯着那座房子："我们进去拜访一下吧，好吗？"

奇迹锻工不再是无形的了，不再是飘浮在虚空中、无法影响身边事物的个体了。他回到了自己的躯体中，他好像相当享受这自由的感觉。

他扳了下手指关节，伸直胳膊，手腕一晃，大门就开了——不，不仅仅是开了，是分崩离析。栅栏一根一根地剥落，坚硬的铁吱嘎呻吟，仿佛被一只无形的手掰断折弯了。

房子四周，狗跑来跑去，充满敌意地吠叫。

"汪！汪汪！"斯考尔像个疯子似的也冲它们叫了起来。狗向后飞去，好像被谁扔开了，落在草坪上，发出一声声闷响。它们叫着跑开了。

"你根本不懂痛苦是什么。"他踏上砾石车道，对茉莉安说道，"在那儿，在我的城镇里——我的城镇，我至爱的永泊镇——却无法做任何事。无法施展我的天赋，无法影响周遭的事物……连碰一碰都不行。"他凝视着远方，"虚空线路是个很棒的东西，克罗小姐，我早该知道的，是我创造了它啊。但有时，它也是个监狱。"他的脸色亮了，"让我来告诉你，那是一种什么样的感觉吧。"

他转向克罗庄园，抬起双臂，像一位准备指挥交响乐团的指挥，然后开始了表演。

搭建克罗庄园的砖块和石头开始震颤，翻转，互相摩擦，扬起阵阵灰尘。它们重新组合装配，茉莉安童年生活的家变得面目全非——它呻吟着向上伸展，变成了一座高大的哥特式教堂，比以往更骇人地俯视着她。

“有进步？嗯？”斯考尔咳嗽着从脸上抹掉尘土。

“住手。”茉莉安说。

“我才刚刚开始。”

他手指轻弹，变了形的黑灰色的石头被数万盏金色的灯照亮，熠熠生辉。很漂亮。

嗯，这倒是没想到。茉莉安想着，满腹怀疑地看着斯考尔。他疑惑地看着她，摊开双手，好像是在等待她的赞同。

“这是你想要的，对吗，克罗小姐？”说着他又弹了弹手指，最高的塔尖上伸出了一根旗杆，一面黑色的上面印着茉莉安的脸的旗子，骄傲地在风中飘扬。“你就是因此才选择了那个炫耀卖弄的傻瓜，不是吗？因为他的奇迹社团，他的蛛形车，破晓期元日从房顶上跳下去？”

斯考尔的手腕又是一晃，房顶上出现了闪耀夺目的霓虹灯，上面用亮闪闪的字母写着：欢迎莅临茉莉安园。

要不是太害怕了，茉莉安真想放声大笑：以斯拉·斯考尔，尚在人世的最邪恶的家伙，竟然把她的童年旧屋变成了一座茉莉安·克罗主题公园。

他对她说：“都是表面功夫，一点儿实际的都没有，这就是

朱庇特·诺斯。他还没告诉你吗？”

“告诉我什么？”

“嗯，当然了，他没说。不过你那可爱的小脑瓜里有个还不错的大脑，你肯定已经想出来了。”以斯拉一边说一边摆动手指，让喷泉里喷出水流，随即又在半空冻住，就像冰雕似的。他甚至都没看一眼。茉莉安不太确定他知不知道自己在干什么。“告诉我，茉莉安·克罗，为什么我要选你当我的学徒？”

茉莉安咽了口唾沫：“我不知道。”

“瞎说。”他轻轻说道。他抬起手，在半空中打了个手势。霓虹灯闪了几下，熄灭了。尖塔开始崩塌，几块灰色的石头重重地落在地上。“告诉我。”

“我不知道。”她重复道。一块巨石坠下，她跳着躲开了，巨石正落在她刚才站的地方。

“想一想。”

她无法思考。克罗庄园正在她面前崩塌。外墙变成了一堆乱石，露出了里面灯光温暖的房间，它尚未被斯考尔损毁，克罗一家仍然像往常一样生活着。

在距离茉莉安很近的地方，她的父亲、继母和奶奶坐在客厅里的舒适座椅中，并未察觉克罗庄园已成为一座废墟。艾薇正在给一个婴儿喂饭，柯维斯正在哄另一个婴儿睡觉，奶奶在看书，壁炉里燃着火。

“真的得让我告诉你吗？”斯考尔说着站到了她身边，脸上带着困惑而戏谑的神情，“克罗小姐，你是一个奇迹锻工，就像我一样。”

这些话让茉莉安如坠冰窟。她觉得自己的脊背一阵发凉，就像真有一只冰冷的手从上面拂过，鸡皮疙瘩冒了出来。

一个奇迹锻工，就像我一样。

“不。”她轻声道，紧接着更坚决地说道，“不！”

“对，你说得对。”他点点头，“你并不是非常像我。但是有朝一日——如果你努力工作，全神贯注——你会越来越像我的。”

茉莉安紧握起拳头：“我永远也不会像你一样。”

“你以为自己还有的选，这确实令人陶醉。但这是生来注定的，克罗小姐。你走的这条路是根本不可能转向其他方向的。”

“我永远也不会像你一样，”茉莉安重复道，“我永远也不会变成杀人凶手！”

斯考尔哈哈大笑：“这就是你以为的奇迹锻工？一台杀人机器？恐怕你只说对了一半。毁灭和创造，死亡和新生，一旦你懂得了该如何使用工具，一切都将尽在你的掌握之中。”

“我不想使用它们。”茉莉安咬牙切齿地说道。

“你可真是个糟糕的小骗子啊。”斯考尔说，“你必须学习更好的技巧，克罗小姐。你还必须学习我们所谓的‘奇迹锻工诡术’，我很高兴能成为你的师父。我们现在就开始第一课吧。”

斯考尔走进屋子，轻声说了些什么，茉莉安没能听清。火苗蹿出了壁炉的隔栅，迅速地蔓延，将克罗一家围了起来。转瞬之间，客厅里从窗帘到地毯都成了一片火海。茉莉安的家人静静地坐着，完全无视他们周围的险情。

“住手！”茉莉安喊道。火舌仍旧肆虐。“求求你，放过他们！”她叫道。

“你有什么好在乎的？”斯考尔冷哼一声，“这些人讨厌你，克罗小姐。他们把生活中的一切舛错都归咎于你。你死了以后——他们认为你已经死了——他们简直是如释重负。你还在乎什么？”

烈焰逐渐逼近克罗一家。艾薇的额头上滴下了汗珠，但她自己好像完全没感觉到。茉莉安想把什么东西——小石子、碎石块，什么都行——扔向艾薇，或者爸爸，或者奶奶，来警告他们。可是她什么也拿不住，她的手从物体中间穿了过去。

“因为诅咒，”斯考尔继续说，“从来不存在的诅咒。”

茉莉安咽了口唾沫，透过火帘看着他：“你这是什么意思？从来不存在？”

他大笑起来：“‘诅咒’只不过是个好用的借口罢了，它可以解释为什么出生在阑夜期终结夜的小孩儿总会在讨人厌的年纪之前就死掉。因为到那个年纪，你们就会开始吸引和汲取我的珍贵的奇迹能。你们当中有些人甚至会像避雷针似的那么贪婪。我绝不允许任何人分走这些能源，因为这些能源令我极度富有、极度强大。如果我是唯一能控制奇迹能的人，那么能源就只与我同在。所以，我消灭潜在的威胁是理所当然的。你可不能怪我，我只是很有商业头脑罢了。”

“根本没有诅咒之类的东西。”茉莉安终于明白了。朱庇特告诉过她，可她那时并不相信，并不真的相信。“你才是那个诅咒。”

斯考尔没理睬她，继续说道：“年复一年，诅咒便自己从无到有。人们太爱瞎想了。曾经，你们这些小可怜只是人们同情和怜悯的对象，因为你们无足轻重的生命总是不及成年就走到了头。但是随着时间的推移，人性中的恶渐渐显现，人们便开始把这些‘被诅咒’的小孩儿当成唾手可得的替罪羊。每当哪里不对了，出错了，人们就有靶子可指指点点了。为什么我的庄稼歉收了？都怪被诅咒的孩子。为什么我失业了？都怪被诅咒的孩子。没过多久，一切伤害和冲突全都怪到了‘被诅咒’的孩子头上。流言以讹传讹，愈演愈烈，终于，‘被诅咒’的孩子不再仅是某一家人的痛苦，而是成了所有人眼中的祸害。”

斯考尔从柯维斯手里抱过了婴儿。柯维斯仍然一动不动，他的眼睛呆滞而茫然，映着橙红色的火焰。客厅成了熔炉，火苗高蹿，浓烟翻滚。烟雾渐渐聚成旋转的黑色形体，在火海中穿进穿出。茉莉安听见了吠叫声，不由得胆战心惊。

婴儿摇晃着胖胖的小手，想抓住斯考尔的鼻子。奇迹锻工做了个鬼脸，逗得这个浅金色头发的小家伙咯咯直笑。

“现在你明白了吧，克罗小姐。并不是我让你的家人讨厌你的，是他们自己想要那么做的。”他举起婴儿的小手，冲着她摇了摇，“我来帮你杀了他们吧？”

“不！”茉莉安叫道，“求求你！不要！”斯考尔把婴儿扔到半空，让他悬浮着，慢慢地落到地板上。她必须做点儿什么，必须阻止他。可是该怎么做呢？她能做什么？在虚空中，她爱莫能助。

“不要？你确定？我不知道能不能相信你。”他看着她，嘴边带着一丝嘲弄的笑意，“说说看，小乌鸦，你觉得我为什么会让你活下去呢？”

茉莉安没有说话。四周，烟与影的追猎者渐渐显形。咆哮、吠叫、马背上的无脸猎手从火焰中涌出，将她毫无防备的家人团团围住，离他们越来越近，只等斯考尔一声令下，只等杀戮的时机到来。

“我已经毁灭过太多人了。这些年来，我耐心地等待着对的人。若是别人早就放弃了，但我知道……我知道，你终究会来的。有朝一日，一个出生在阑夜期终结夜的孩子会取代我的位置。她身上弥漫着黑暗的承诺，在她的眼睛里我能看见自己。那就是我真正合法的继承人。”他跪了下来，面对着茉莉安。他的声音如此温柔，他的笑容如此真诚，以至于有那么一瞬间，在这个疯子被阴翳侵蚀的脸上，茉莉安看见了自己的朋友——琼斯先生。“我看见了你，茉莉安·克罗，”他低语道，眼神闪闪发光，“在你的内心深处，正邪之间的薄冰一击即碎。”

“不！”茉莉安叫道。她觉得自己的心里有什么东西正在向后撤，就像海水撤离海岸，以掀起更大的巨浪。突然，这海浪变成了她自己……愤怒和恐惧的滔天巨浪。她和他不一样，她永远也不会和他一样！

茉莉安踉跄着往后退，本能地扬起胳膊，屈服于内心的浪潮。

一道明亮耀目的光照进了屋子，驱散了烟与影的追猎者，浅金色的光熄灭了火焰。这道光持续了几秒钟，或是持续了几天，抑或是整整一生，随后就消失了。

一片寂静。

克罗一家仍然无知无觉，喜气洋洋，凝视着，却看不见。

斯考尔睁大了眼睛，四仰八叉地倒在地上，像是被闪电击飞出去了。他瞪着茉莉安，仿佛第一次有了视觉一般。

茉莉安自己则浑身打战，因为余波——谁知道那是什么东西的余波。

她消灭了烟与影的追猎者。就算没有消灭，至少也把它们赶走了。现在这样就已经够好的了。茉莉安不知道自己是怎么做到的，怎么弄来的那道光，但是在那令人目眩的几秒钟里，她想到了以斯拉·斯考尔在夏天对她说过的话：影子就是影子，它们就想保持黑暗的模样。

斯考尔从地上爬起来，终于开口了。

“你看，克罗小姐，”他警惕地看着她，“你早就该接受我的邀请，但真相却不是我需要你这么做。在活过十一岁的生日之后，你其实已经是我的学徒了。收集已经开始。奇迹能注意到了你，你只能听凭它的摆布。”

“什么意思？”茉莉安问，“什么收集？”

“你生来就是奇迹锻工，但如果你不学着驾驭它，它就会驾驭你。如果你不学着控制奇迹能，它就会控制你。它会慢慢地灼烧着，由内而外，最终……毁掉你。”他摇摇头，扬起嘴角，怜悯地笑着，“我告诉过你，让烟与影的追猎者杀死你，那才是仁慈。但是，唉，你似乎把它们赶走了，至少目前是这样。没关系。我今晚带你来这儿不是要伤害你，或是你的家人。”

“那你为什么要绑架我？”

“绑架你？”他似乎被逗笑了，也可能是气笑了，“‘绑架’是‘偷窃’的另一种说法。我不是贼，这也不是绑架。这是你学习成为奇迹锻工的第一课。大师级的课程，由杰出的大师教授。只要你提出请求，我们可以马上开始第二课。”

茉莉安摇了摇头。他在开玩笑吗？还是疯了？“我不会向你提出任何请求，你也没有什么可教给我的。”

斯考尔轻轻地笑了。他踏进渐渐熄灭的灰烬，踢起灰尘和火星。“我是尚在人世的唯一一个可以教你有用之物的人。有朝一日，很快，你就会深深理解这一可怕的真相。这一点，我的恶魔和我可以向你保证。”他偏了偏头，一切玩笑逗趣的迹象都消失在他深不可测的黑色眼睛里。

“到时候再见吧，小乌鸦。”

他头也不回地沿着长长的砾石车道走了，消失在黑暗中。紧接着，残余的火星也渐渐熄灭了，烧坏的窗帘、家具和破碎的窗户都恢复了原样，克罗庄园的石墙重新立了起来，变形的铁门也伸直了，咣当一声紧紧地关上了。

茉莉安站在平静如初的客厅中央，看着对这一切茫然不知的克罗一家，心里冒出了怪异的思念之情。但她思念的不是这个地方，也不是这些人。

茉莉安闭上眼睛，脑海里想象着她那把带有银丝伞柄和猫眼石小鸟的黑色油布雨伞。它躺在奇迹枢纽的站台上——它就是在那儿从她手里掉下来的。

她等待着。她听见了虚空列车的汽笛声。她回家了。

14
W

一开始，茉莉安还以为自己瞎了。

“我说了慢一点儿。”是朱庇特。她感觉到他松开了自己的肩膀，并且往后退了退。“慢慢地睁开眼睛。”

她知道自己已经回到了丢卡利翁，知道自己正站在朱庇特的书房里，可是……这里怎么像太阳表面一样呢。整个世界焕然一新，一切都像太阳光似的，亮得发白，让人目眩。如果斜着眼睛看，只能勉强从镜子里辨认出自己的身形。每次他看着她的时候，看到的就是这副模样吗？

“别盯太久。”朱庇特警告她。

这些亮光不是由某一盏明亮的电灯发出来的，而是成千上万——也许有几百万个，甚至是数十亿个——金色的小亮点，就像她在克罗庄园见到的那些金色小灯一样。它们聚集在她四周，犹如尘埃中的微粒，捕捉着阳光中的亮度。不，不像尘埃——像某种活的东西。像飞蛾聚集在火焰四周。

“这是……”

“奇迹能。很美好，不是吗？”

“美好”不是个合适的词。它很美丽，但是不美好。它带有某种“美好”反面的东西。这让茉莉安心情复杂，既有敬畏也有期待，既有恐慌也有喜悦，既感到庞大又感到渺小，既想要大喊又想要低语，还有好多别的东西。

“它在做什么？”茉莉安问。

“等待。”

“等待什么？”

“你。”

“等我做什么？”

朱庇特沉默了好长一会儿，然后说道：“我想我们会看到的。”

他抓住她的肩膀，用自己的前额抵住她的，就那么短短一秒钟，就像在表演选拔赛上对长老们做的那样。茉莉安当时并没有意识到他在干什么——他有与别人分享自己洞穿事物的天赋。他能向别人展示自己眼中的世界，但是只有片刻。

令茉莉安极为失望但也如释重负的是，世界恢复了原来的沉闷模样。

镜子里的女孩儿，黑头发，黑眼睛，弯鼻子，貌不惊人，普普通通。

“他说我像他。”这是她第一次把自己的恐惧大声地说出来，“这是真的，对吗？原来‘收集’就是这个……这个意思。奇迹能，聚在我四周。这意味着，我是个……是个奇迹锻工。”她咽了口唾沫，几乎能品尝到话里的滋味。

“是的。”朱庇特严肃地说，“但是你要试着理解，‘奇迹锻工’这个词并不总是代表着不祥和邪恶。”

“是吗？”

“天啊，当然了。以前在永泊镇，很久很久以前，身为奇迹锻工可是至高无上的荣誉呢。”

“就像加入奇迹社团那样？”

“比那个更值得尊敬。奇迹锻工曾经是应许者和守护者，运用他们的能量给这个世界带来好的东西。‘奇迹锻工’并不是‘恶魔’或‘刽子手’的意思，是斯考尔把这些意思强加在它身上的。他的所作所为是无法原谅的，他背叛了他的同胞和城镇。他滥用了他的能量，让‘奇迹锻工’变成了黑暗可怕的词。但这个词不会永远是这些意思，你可以把它再改变回来，小茉。”他冲她笑了笑，“你会办到的。我知道你做得到。我说你没有心法的时候，其实就是这个意思。你拥有的东西远超过心法。你拥有的是天赋，是召唤，只有你能决定它的含义，别人谁也不行。”

茉莉安的眼睛渐渐适应了，朱庇特的书房渐渐重新回到她的视线之中——墙上挂着照片，书架上摆着书；朱庇特的脸，亮晶晶的蓝眼睛，乱糟糟的浅金色胡子。茉莉安一屁股坐在皮扶手椅里，脚踩在脚凳上，把自己抱成了一个团。

“你一直知道我是谁，是吗？”

朱庇特点了点头。

“也知道斯考尔？你知道他给了我投标函，是吗？”

“是的。”

茉莉安叹了口气。她还一直在忧心要不要把斯考尔的事告诉朱庇特呢，原来都是在浪费时间啊。她觉得自己真是傻透了。“那你为什么还要让我参加选拔赛呢？直接告诉长老们不就行了？”

“你一直认为，身为奇迹锻工，这对你来说是最重要的事。”

“不是吗？”

“完全不是。如果那真的是最重要的事，小茉，那我们干吗不一开始就举办表演选拔赛呢？想想吧，我们举办了读书选拔赛，是为了看看谁是诚实的，谁是思维敏捷的。追逐选拔赛，是为了找出顽强的和有战略头脑的人。惊骇选拔赛，考查的则是是不是智勇双全。难道你不觉得我们可能在前三轮选拔赛中刷掉了很多心法很棒的人吗？肯定是这样啊！谁知道呢，也许最为天赋异禀的人早就出局了，根本无缘表演选拔赛。

“关键——就奇迹社团而言的关键——是如果你不诚实，不坚定，不勇敢，那么有什么天赋都没用。你必须通过全部的四轮选拔赛，因为我需要长老们明白你究竟是什么样的人，我希望……”他顿了顿，咽了口唾沫，继续说，“我希望接下来能将你首先当作一个人来看待，其次才是奇迹锻工。”

“你跟我说奇迹锻工只是传说和迷信。”

朱庇特点点头：“我知道。很抱歉我撒了谎。尽管在某种层面上，那是真话……奇迹锻工的历史的确与传奇和无稽之谈联系紧密，不过大部分人都辨不出这两者的区别。这只有一半是谎言，但我还是应该向你道歉。”

“为什么你要撒谎？”

“因为我认为那么做是对的。我不愿意你过多地思虑奇迹锻工的事。那只能平添烦恼啊，不是吗？我觉得最好还是让你先加入社团，然后再解决这些。”

“那其他人呢？”

“什么其他人？”

“登记在案的其他三个……你指的是被诅咒儿童名单吧，对吗？他们也是奇迹锻工吗？”

“不是。”

她等着朱庇特多说几句，可他却已经关上了话匣子。“他们怎么了？”她只好继续问，“你也救了他们吗，还是……”

他略微有点儿心软了：“他们很好，在遥远的地方，安全又安宁，很有福气地完全不知道斯考尔和烟与影的追猎者。”

他们真幸运，茉莉安想道。

遇到斯考尔之后两天发生的事，她已经完全不记得了。列车把茉莉安带回了虚空线路的月台上，这时小芬、杰克和霍桑刚好赶到。他们气喘吁吁，惊恐万状，这下才明白她去了哪里，于是赶紧去找朱庇特。

杰克最先冲向她，脸色发白，说不出话，然后大大松了口气。朱庇特紧紧地抱着她，把她抱离了地面，差点儿把她憋死。小芬不停地舔着她的头发，舔得头发都能自己竖起来了。霍桑则一直央求她把来龙去脉讲了十二遍，而且每次都在相同的地方惊叹欢呼。

茉莉安被烟与影的追猎者掳去的传说传遍了丢卡利翁大饭店，但关于奇迹锻工的部分，朱庇特却要求小芬、杰克和霍桑严守秘密。杰克不高兴地回答道："我一直都在保密啊，不是吗？"

直到这一刻，茉莉安才突然明白了他这句话的意思。她一下子想起了圣诞节前夜，杰克又惊恐又好奇地盯着她的那一刻。

"杰克也早知道了，对吗？"她恍然大悟，"圣诞节时他就知道了。因为他像你一样，是个……叫什么来着？"

"见证者。"朱庇特在对面的椅子上坐了下来，"是的，他很讨厌这个。"

"他为什么会讨厌呢？"茉莉安很惊讶，"那就相当于什么都知道了啊。我还以为杰克最喜欢的就是这个呢。"

朱庇特被她逗得咯咯直笑。他看着她，神色渐渐变得深沉。"有点儿像那种感觉，有时候吧，我想。但并不总是那么厉害。有时就连虚空线路也会隐藏什么。"

"我倒很愿意成为见证者。"

"那可不一定。"朱庇特的脸上微微一抽，"看到所有隐藏的事物？每时每刻？每当有人说谎，真相就会趴在他们的脸上，像黑色的污渍。每当有人遭逢不幸，悲伤就会盘桓在他们周围，像尸体四周的苍蝇。痛苦、愤怒、背叛，全都如实直陈，无时无刻无处不在。大部分见证者根本没法儿生活在这样的地方，他们会因此疯掉的。”

“你是指像丢卡利翁这样的地方？”

“像永泊镇这样的地方，或是上百万人每天聚集在一起的地方。这样的地方随处都是看不见的痕迹，它们千头万绪，就像一张疯狂的挂毯上数不清的线头。人们在所有地方都会遗留下他们的一部分，茉莉安——他们引发过的冲突，他们经受过的折磨，他们感受到的爱和快乐，他们做过的好事和坏事。”他疲惫地搓了搓脸，“我已经学会了过滤这些，只看到那些重要的东西。我能够将一层层真相和千万个头绪分开来，能够在疯狂里找到意义和内涵。

“但是，我花了很多年才做到这一点，小茉。很多很多年的训练。杰克却还不行。他还得花不少时间才能达到这种程度。目前，眼罩就相当于滤镜，分隔了他的视野，这样他就能像你和其他人一样去看，要不然他会疯掉。”

茉莉安真没想到，像朱庇特这样天赋异禀的人也会有缺憾。或许，杰克的坏脾气正是因此而来吧。

“那他干吗不直接说出来呢？”她问。

朱庇特低头看了看自己的双手，耸耸肩说：“我想他是觉得很尴尬吧。人们总是不喜欢见证者。要是某个人能看穿你的秘密，你就很难和他成为朋友了。”

“可是这也太荒唐了。”茉莉安想到了朱庇特的朋友们和崇拜者们，“整个世界上的所有人都很喜欢你啊。”

朱庇特笑了，大声地、开心地笑了，直到笑出了眼泪。“你眼中的‘整个世界’从根本上说是个好世界，茉莉安·克罗，而这也是我喜欢你的原因之一。

“这倒提醒我了——今天有件东西到了，是给你的。”朱庇特站起来，叫茉莉安过去。他打开书桌抽屉上的锁，从里面拿出一只小木盒递给她。“我原本想等到宣誓日再给你的，但这个星期真是过得太糟了。鉴于此，我认为你现在就应该打开它。”

盒子里面，红色的天鹅绒衬里上，卧着一枚小小的W形状的金别针。

茉莉安屏住呼吸。“我的别针！这就是说……你拿到了吗？最后一个签名，给那个……那个担保协议？”

朱庇特的神色微微黯然了一下：“还……没有。没有。不过我会解决的，我保证。”他把别针别在她的领子上，“戴着吧。奇迹枢纽里的预留席位。希望物有所值。”

茉莉安大笑起来。她这一整年经历的一切简直堪称疯狂——哄过了死神，在选拔赛中角逐，跟福林罗克周旋，直面斯考尔和烟与影的追猎者，还有其他让人苦恼的种种，全都是为了这么一枚小小的别针。

可是，它并不小。它很大——是很大很大的承诺。关于家人、归属感和友谊的承诺。

好笑的是，茉莉安想，回想过去的几个星期，以及在丢卡利翁大饭店中生活的日子，她似乎早已拥有了这些东西。

吊灯终于选定了它的形状。

弗兰克赢了赌注。至少，他猜得最接近——那不是一只孔雀，而是一只鸟。一只巨大的、黑色的鸟。从某个角度看去，它闪着虹光，翅膀伸展开来，拂过大堂，仿佛庇护着丢卡利翁大饭店和这里的房客。或许也像是正在伺机俯冲到谁头上。这取决于你问谁的意见。

朱庇特说，他爱这只鸟，更胜于以前的玫瑰色帆船。

几天之后，朱庇特和南希各自带着自己的候选人举行了一次迟到的庆祝。他们在勇气广场上一家舒服的酒吧里吃了烤羊腿，喝了姜汁啤酒，祝贺茉莉安和霍桑的成功。

两位资助人花了好几个小时谈论他们早年间在奇迹社团当学员时的可怕故事。南希讲了不少关于驭龙的事，朱庇特的奇闻则大多与违规犯错有关，不过他发现霍桑竟然在做笔记，只好换了话题。

在回家的路上，茉莉安一边走一边踢起路上的积雪。尽管天气很冷，她却觉得永泊镇的深冬季节有一种别样的奇光异彩。她的感受不一样了。

一切都不一样了。

他们经过时，街上的人们冲着他们微笑。茉莉安不再是被诅咒的克罗家的女儿了。她不再等着坏事发生，也不再等着遭人责备。不过，在她的思绪深处，仍然潜伏着黑暗的、可怕的东西。

他们走到伞轨车车站时，朱庇特用胳膊肘碰了碰她：“你在想什么呢？”

“他会回来的，对吗？”她平静地问道，“斯考尔。他会回来的，和他的恶魔一起回来。”

朱庇特的脸色变了：“我想他会试一试的。”

茉莉安点了点头。她紧紧地攥着自己的雨伞，心不在焉地用指尖抚摸着伞尖上的那只猫眼石小鸟。“那我们得有所准备才行。”

一群小孩儿经过这里，他们互相窃窃私语，伸着脖子张望，看着茉莉安和朱庇特熟练地伸出弯曲的伞柄，乘着伞轨车一闪而过。他们并非只是在看朱庇特，而是在看他们两个人——金色的 W 形别针在他们的衣领上骄傲地闪耀着光芒。

资助人和候选人。疯癫癫的金头发小子和古怪的黑眼睛女孩儿。

# 致　谢

尽管糟糕地误用了“夸张”一词，而且也不太懂怎么换行，但好心的公共图书管理员，还是将我7岁时的作品《三只小考拉》列入了图书目录。

非常非常感谢海伦·托马斯、阿尔文娜·凌、苏珊·奥沙利文，还有科瑞恩·卡兰德。我真是世界上最幸运的作者，因为身边有你们这样的编辑“梦之队”。你们的出众才能和善解人意，我可能会喋喋不休地说个没完，听习惯就好了。

感谢阿歇特、猎户星、LBYR的所有人，他们是菲奥娜·哈泽德、路易丝·舍温－斯塔克、露丝·奥泰、梅根·廷利、丽莎·莫拉莱达、多米尼克·金斯顿、佩妮·埃弗谢德、阿西利·巴顿、茉莉娅·桑德森、维多利亚·斯泰普尔顿，以及其他待我如家人的诸位。感谢你们的支持，感谢你们为茉莉安的故事面世所做的杰出工作。

感谢珍妮·本特和莫莉·科尔·霍恩，你们在法兰克福书展和其他地方为这本书呐喊助威，工作兢兢业业，成效堪称传奇。感谢本特版代的所有人，尤其是维多利亚·卡佩洛和约翰·鲍尔斯。也要感谢本特版代的各个合作机构，以及所有杰出的国外出版人。

感谢天赋出众的比阿特丽斯·卡斯特罗和吉米·马德森的漂亮插图。

感谢超棒的达纳·斯佩克特以及Paradigm Talent Agency的所有人，感谢你们不眠不休的工作和热诚。还有达莉亚·赛克、艾米丽·费伦巴哈以及Fox团队——你们对这部分的热情令我折服，把她托付给对的人实在令我开心。

库珀团队真是太让人惊艳了，你们让我灵感源源不断，成为你们中的一员真是太幸运了。

还要感谢我的朋友，也是我的中学英语老师——夏尔曼·赖伊。在我成为真正的作家之前，她就让我对写作痴迷。

朱厄尔、迪恩是我早期的读者，最棒的啦啦队员。爱你们。

嘉玛·库珀，是我的代理人，也是我的朋友，她有点儿像斯莱特林，但是比他更好，是个十全十美的大好人。在写作这件不可思议的事情的神奇过程中，你就是助我成功的秘密动力。你就像我的朱庇特·诺斯，不过你更成熟，更负责任，你是一位女士，也没有乱糟糟的黄头发。没有你，我能做成什么事呢？无尽的感谢，嘉玛·库珀。

萨莉是我第一位读者，也是一辈子心意相通的朋友。你那么聪明，用不着我说什么就能明白我的意思。万分感谢你。

我知道，人人都觉得自己有一位最好最棒最支持自己的母亲。我也一样。谢谢你，妈妈。